U0128234

麗文文化事業

國家圖書館出版品預行編目（CIP）資料

大學文學講記 / 吳銘宏著. -- 初版. -- 高雄市 : 麗文文化, 2018.06
面； 公分
ISBN 978-986-490-129-6(平裝)

1.國文科 2.讀本

836 107009429

大學文學講記

初版一刷・2018 年 6 月　初版二刷・2018 年 11 月

著者	吳銘宏
責任編輯	鍾宛君
封面設計	余旻禎
發行人	楊曉祺
總編輯	蔡國彬
出版者	麗文文化事業股份有限公司
地址	80252高雄市苓雅區五福一路57號2樓之2
電話	07-2265267
傳真	07-2233073
網址	www.liwen.com.tw
電子信箱	liwen@liwen.com.tw
劃撥帳號	41423894
臺北分公司	23445新北市永和區秀朗路一段41號
電話	02-29229075
傳真	02-29220464
法律顧問	林廷隆律師
電話	02-29658212

行政院新聞局出版事業登記證局版台業字第5692號

ISBN 978-986-490-129-6（平裝）

麗文文化事業

定價：200 元

自序

從事高等教育國文教學工作，已屆 33 年，深知大學的國文課程，本應有三大教學目標，即工具性的目標、文學性的目標以及思想性的目標。工具性的目標，旨在幫助學生增進理解、強化表達；文學性的目標，旨在幫助學生涵養性情、美化人生；思想性的目標，旨在幫助學生深化思想、淨化心靈。

而欲達成上述這些目標，恐怕不是讓大學生再多讀幾篇選文，便能夠有所成就；若不能在觀念與方法上，先開啟學生的智慧之光，並培養其基本的觀察能力，想達成這三大目標，無異是緣木求魚。甚至我們可以大膽地說，光讀選文，連工具性的目標都很難全面達成，遑論文學性與思想性這兩項目標。

世人總以為，大學生應具備獨立思考的能力，殊不知這項能力，其實排序在很後面；大學生第一項該培養的能力，應當是敏銳的觀察能力，它是一切能力的基礎，沒有「觀察」來打底，獨立思考也只是「空想」罷了。

大學生能長時間觀察自然現象與人文現象的種種變化，並將觀察所得記錄下來，那便是「寫景」與「敘事」這兩項能力的建立。有了這個基礎之後，學生就可以進一步借事說理、借景抒情。於是文學內容的四大要素——事、理、情、景，大學生便都能完全掌控無餘了。換言之，大學生在遣情論理時，便能言之有物，而不致流於「空談」。

文學之所以能感人至深，乃因為它總是能將情感表達得很有「畫面」。而畫面不正是事和景嗎？情、理能寄寓在事、景中，當然就不再那麼抽象，當然就十足的有畫面感。其次，畫面之中，又能結合自然畫面與人文畫面，則作者所欲傳達的情感和理念，必然更加深刻無比。例如蘇軾《念奴嬌》：

「大江東去，浪淘盡千古風流人物。」

楊慎《臨江仙》：

「滾滾長江東逝水，浪花淘盡英雄。」

不都是自然畫面（滾滾長江）與人文畫面（歷史長流）的密切疊合嗎？而這就是文學表現上所謂的「深刻」。

此外，《孟子．離婁下》也說：

「人之所以異於禽獸者，幾希。庶民去之，君子存之。舜明於庶物，察於人倫，由仁義行，非行仁義也。」

「明於庶物」不就是自然現象的觀察？「察於人倫」不就是人文現象的觀察？幾千年前的聖王，便已知「觀察現象」這樣簡單而深刻的道理，而今日的大學生卻無由落實這項有效的學問工夫，那豈不是太令人遺憾了？

有鑑於此，本書的編纂方式，遂以「單元講授」為主，重點都在文學觀念的啟發以及學習方法的討論，例如「文學篇」中的九個單元。至於創作篇與思想篇，則仍以傳統的形式來呈現，純粹只是為了教學上方便舉例而已，因此將之列在附錄裏。畢竟，本書的書名乃「大學文學講記」，當然還是應該以「文學」為主，而「思想」為輔，是為序。

吳銘宏謹識於義守大學
2018 年 5 月

目次

文學篇

文學篇

•第一章•

華語文學的音樂性

華語文學有非常強的音樂性，而所謂「音樂性」，指的就是「音調的高低」與「節奏的快慢」兩部分。音調的高低，由四聲來決定；節奏的快慢，由句式來決定。

「四聲」乃平、上、去、入四種聲調的變化，它是字音結構「聲母、韻母以及聲調」三種元素中的「聲調」部分。假使我們將調值的高低，分成「5、4、3、2、1」五等分：

陰平是 5-5

陽平是 3-5

上聲是 214

去聲是 5-1

入聲則是發聲短促且有收縮的現象。

陰平與陽平皆是平聲，上、去、入三聲則合稱為仄聲。平聲雖有陰陽之分，然其調值都在 3 以上，也就是說，它的調值都在中高以上做變化，所以平聲字多，便擁有「悠揚」的特性。上聲字的調值變化是 214，它遶一個彎，所以有「婉轉」的特性。去聲字的調值變化是 5-1，由最高點走向最低點，所以有「重頓」的特性。入聲字則發聲短促且向後收縮，所以有「嗚咽」的特性。

壹 平聲悠揚舉例——

范仲淹《嚴先生祠堂記》：

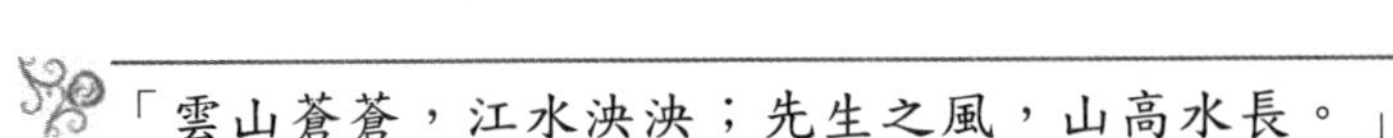
「雲山蒼蒼，江水泱泱；先生之風，山高水長。」

四句十六字當中，除了兩個「水」字是仄聲之外，其餘十四字均為平聲，而且除了頭尾的「雲」、「長」兩字是陽平之外，其餘均為陰平。陰平的調值變化是 5-5，所以這十六字贊語的聲調，是極盡悠揚響亮之能事，以之表彰嚴先生的高風亮節，可謂「聲情、詞情」完全合一。

李白《蜀道難》：

「噫吁嚱危乎高哉，蜀道之難難於上青天。蠶叢及魚鳧，開國何茫然。爾來四萬八千歲，乃與秦塞通人煙。西當太白有鳥道，可以橫絕峨嵋巔。地崩山摧壯士死，然後天梯石棧方鉤連。上有六龍迴日之高標，下有衝波逆折之迴川。黃鶴之飛尚不得過，猿猱欲度愁攀援。青泥何盤盤，百步九折縈岩巒。捫參歷井仰脅息，以手撫膺坐長嘆。問君西遊何時還？畏途巉岩不可攀。但見悲鳥號古木，雄飛從雌繞林間。又聞子規啼夜月，愁空山。蜀道之難難於上青天，使人聽此凋朱顏。連峰去天不盈尺，枯松倒掛倚絕壁。飛湍瀑流爭喧豗，砯崖轉石萬壑雷。其險也若此！嗟爾遠道之人，胡為乎來哉？劍閣崢嶸而崔嵬，一夫當關，萬夫莫開。所守或匪親，化為狼與豺。朝避猛虎，夕避長蛇；磨牙吮血，殺人如麻。錦城雖云樂，不如早還家。蜀道之難難於上青天，側身西望長咨嗟。」

首句七個字完全是平聲，聲調極其悠揚。但是誦讀的時候，卻是斷成「1、1、1、2、2」的句式型態，氣息相當不順暢，正好傳達出蜀道山勢高聳險要，而山路卻崎嶇難行的特色。次句以後，則是爬上半山腰，一切都適應了，聲調便順暢了許多。第七句以後，更是另起波瀾，高潮又現。能從聲調的原理來掌握詩意的變化，相信自能體會得更為真切。

上聲婉轉舉例——

柳永《八聲甘州》：

「是處紅衰翠減，苒苒物華休。惟有長江水，無語東流。」

後九字，凡該用仄聲的地方，柳永皆用「上聲」，造成誦讀的時候，聲調特別婉轉動聽，而詞人婉轉纏綿的情思，也就完全被蜿蜒曲折的流水給帶走。

蔡琴《最後一夜》：

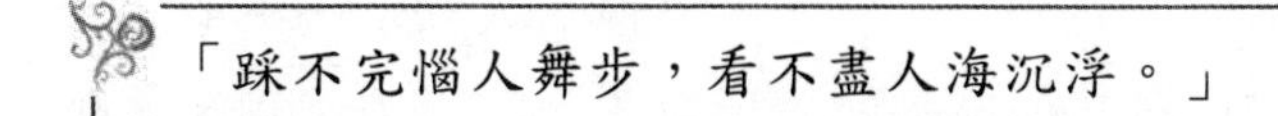
「踩不完惱人舞步，看不盡人海沉浮。」

首句七個字，用了三個上聲字「踩」、「惱」、「舞」，與柳永《八聲甘州》「有」、「水」、「語」三個上聲字的間隔使用，是同樣的情形，當然也造成了相近似的效果。此外，其中「去聲字」與「陽平字」的搭配，更造成這七個字，完全如波瀾一般，上下起伏。難怪，這首曲子的旋律，會如此般地婉轉動聽。

去聲重頓舉例——

白樸《寄生草》：

> 「長醉後，方何礙？不醒時，有甚思（去聲）？糟醃兩個功名字，醅淹千古興亡事，麴埋萬丈虹霓志。不達時皆笑屈原非，但知音盡說陶潛是。」

此曲作者的態度消極，思想灰色，但是，意志卻相當堅定，毫無轉圜的餘地，其原因正在此曲完全押去聲韻。去聲字的調值變化是 5-1，由於有重力加速度的緣故，所以給人乾脆俐落、斬釘截鐵的感覺。

蘇軾《念奴嬌》：

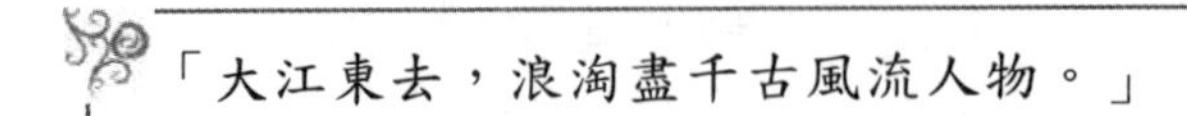

> 「大江東去，浪淘盡千古風流人物。」

「浪」字去聲，強而有力，纔能將所有「千古風流人物」一淘竟盡。若換成上聲的「水」字，不但「人物」淘不乾淨，恐怕這九字長句也無法一氣呵成。足見「上」、「去」兩聲，雖同為仄聲，但在創作實務上，這兩種聲調，往往不能互換。

入聲嗚咽舉例——

杜甫《哀江頭》：

「少陵野老吞聲哭，春日潛行曲江曲。江頭宮殿鎖千門，細柳新蒲為誰綠？憶昔霓旌下南苑，苑中萬物生顏色。昭陽殿裏第一人，同輦隨君侍君側。輦前才人帶弓箭，白馬嚼嚙黃金勒。翻身向天仰射雲，一箭正墜雙飛翼。明眸皓齒今何在？血污遊魂歸不得。清渭東流劍閣深，去住彼此無消息。人生有情淚沾臆，江水江花豈終極？黃昏胡騎塵滿城，欲往城南望城北。」

讀來一片哀怨淒苦，正因為其押「入聲韻」的緣故。前段「哭」、「曲」、「綠」為入聲沃韻字，「憶昔」句開始換用入聲職韻字。換韻也正為了點出詩中時空的轉換。杜甫若能刻意安排，讓詩韻最終又回到沃韻，那麼，這首詩的表現也就完美無比，再也沒有任何可議之處了！

詩如此，詞也一樣。詞中押入聲韻的作品也相當多，例如蘇軾《念奴嬌》、李清照《聲聲慢》、柳永《雨霖鈴》、王安石《桂枝香》以及周邦彥《蘭陵王》皆是。其風格情調，不是哀怨，就是沉鬱，大致上都是入聲嗚咽所傳透出來的效果。

音調的高低，其變化已如上述。而節奏的快慢變化，則主要由「句式」來決定。大體上，單式句的型態，誦讀起來節奏快；而雙式句的型態，誦讀起來節奏慢。

諸葛亮《出師表》：

上2下4(雙)　上1下4(雙)　上1下4(雙)　上2下2(雙)
上2下7(單)
「先帝創業未半，而中道崩殂。今天下三分，益州疲敝，此誠危急存亡之秋也！然侍衛之臣，不懈於內；忠志之士，忘身於外者，蓋追先帝之殊遇，欲報之於陛下也。誠宜開張聖聽，以光先帝遺德，恢弘志士之氣；不宜妄自菲薄，引喻失義，以塞忠諫之路也。」

柳永《雨霖鈴》：

上2下2(雙)上1下3(單)上2下2(雙)　上2下4(雙)上1下3(單)上2下2(雙)
「寒蟬淒切。對長亭晚，驟雨初歇。都門帳飲無緒，方留戀處，蘭舟催發。
上2下4(雙)　上1下4(雙)　上3下4(雙)　上4下3(單)
執手相看淚眼，竟無語凝咽。念去去千里煙波，暮靄沉沉楚天闊。
上4下3(單)　上3下5(單)　上2下4(雙)　上3下4(雙)
多情自古傷離別。更那堪冷落清秋節。今宵酒醒何處？楊柳岸曉風殘月。
上2下2(雙)　上2下6(雙)　上3下4(雙)　上2下3(單)
此去經年，應是良辰好景虛設。便縱有千種風情，更與何人說？」

句式有單有雙，縱橫交錯，誦讀起來，自然形成一種節奏快慢的變化。至於辛棄疾的《歸朝歡》：

「山下千林花太俗。山上一枝看不足。春風正在此花邊，菖蒲自蘸清溪綠。與花同草木。問誰風雨飄零速？莫悲歌，夜深巖下，驚動白雲宿。
病怯殘年頻自卜。老愛遺編難細讀。苦無妙手畫於菟，人間雕刻真成鵠。夢中人似玉。覺來更憶腰如束。許多愁，問君有酒，何不日絲竹？」

除了上、下片各只一句四言的雙式句之外，整首幾乎完全是單式句，所以節奏相當輕快。

姜夔《揚州慢》：

「淮左名都，竹西佳處，解鞍少駐初程。過春風十里，盡薺麥青青。自胡馬窺江去後，廢池喬木，猶厭言兵。漸黃昏，清角吹寒，都在空城。
杜郎俊賞，算而今、重到須驚。縱豆蔻詞工，青樓夢好，難賦深情。二十四橋仍在，波心蕩、冷月無聲。念橋邊紅藥，年年知為誰生？」

整首除了「漸黃昏」三字為單式句之外，其餘均為雙式句，所以節奏相當緩慢。

「詞」這種文體，在「慢詞」興起之後，其音樂性完全趨向於「舒緩和暢」的情調，自然與詩的「健捷激裊」完全不同，始真正由「附庸」蔚為「大國」，完全擺脫了詩的籠罩。

•第二章•

詩經的三章結構

若論「章法」，詩三百最常以「三章結構」的形式來做表現，其主要目的，無非是希望詩歌能達到「一唱三歎」的效果。例如《王風・黍離》：

「彼黍離離，彼稷之苗。行邁靡靡，中心搖搖。
知我者謂我心憂，不知我者謂我何求。悠悠蒼天，此何人哉？
彼黍離離，彼稷之穗。行邁靡靡，中心如醉。
知我者謂我心憂，不知我者謂我何求。悠悠蒼天，此何人哉？
彼黍離離，彼稷之實。行邁靡靡，中心如噎。
知我者謂我心憂，不知我者謂我何求。悠悠蒼天，此何人哉？」

三章中，句法幾乎完全一樣，只是更換了幾個字罷了。所傳達的意思，各章也沒有什麼不同，惟由「苗」而「穗」而「實」以及由「搖搖」而「如醉」而「如噎」，三章的意思卻是「由近而遠」、「由淺而深」，是相當有層次的。

《召南・摽有梅》：

「摽有梅，其實七兮。求我庶士，迨其吉兮。
摽有梅，其實三兮。求我庶士，迨其今兮。
摽有梅，頃筐塈之。求我庶士，迨其謂之。」

《召南・野有死麇》：

「野有死麇，白茅包之；有女懷春，吉士誘之。
林有樸樕，野有死鹿；白茅純束，有女如玉。
舒而脫脫兮，無感我帨兮，無使尨也吠。」

《鄭風・子衿》：

「青青子衿，悠悠我心。縱我不往，子寧不嗣音？
青青子佩，悠悠我思。縱我不往，子寧不來？
挑兮達兮，在城闕兮。一日不見，如三月兮！」

《鄭風・將仲子》：

「將仲子兮，無逾我里，無折我樹杞。豈敢愛之？畏我父母。仲可懷也，父母之言亦可畏也。
將仲子兮，無逾我牆，無折我樹桑。豈敢愛之？畏我諸兄。仲可懷也，諸兄之言亦可畏也。
將仲子兮，無逾我園，無折我樹檀。豈敢愛之？畏人之多言。仲可懷也，人之多言亦可畏也。」

《魏風‧碩鼠》：

「碩鼠碩鼠，無食我黍！三歲貫女，莫我肯顧。逝將去女，
適彼樂土。樂土樂土，爰得我所。
碩鼠碩鼠，無食我麥！三歲貫女，莫我肯德。逝將去女，
適彼樂國。樂國樂國，爰得我直。
碩鼠碩鼠，無食我苗！三歲貫女，莫我肯勞。逝將去女，
適彼樂郊。樂郊樂郊，誰之永號？」

三章結構中，有時候是每一章的句法形式完全相同，例如《王風‧黍離》與《召南‧標有梅》；有時候則是第一章與第二章相同，第三章則做了一些變化，例如《召南‧野有死麇》與《鄭風‧子衿》。然而，不管是哪一種型態？章節有沒有變化？「三章結構」的目的都是一致的，都是為了增強詩歌的音樂性罷了。

其後，華語流行歌曲效法詩經的做法，最簡單的「三章結構」形式，就是把整段歌詞重複唱三遍，例如《萍聚》：

「別管以後將如何結束　至少我們曾經相聚過
不必費心地彼此約束　更不需要言語的承諾
只要我們曾經擁有過　對你我來講已經足夠
人的一生有許多回憶　只願你的追憶有個我

別管以後將如何結束　至少我們曾經相聚過
不必費心地彼此約束　更不需要言語的承諾

只要我們曾經擁有過　對你我來講已經足夠
人的一生有許多回憶　只願你的追憶有個我

別管以後將如何結束　至少我們曾經相聚過
不必費心地彼此約束　更不需要言語的承諾
只要我們曾經擁有過　對你我來講已經足夠
人的一生有許多回憶　只願你的追憶有個我」

其次，是第一段與第二段歌詞不同，但第三段又重複第一段歌詞，例如《落花情》：

「流水帶走了我的情　流雲帶走了我的意
逝去的歲月啊　未曾流下痕跡
寒風起落花飄零　無邊相思何處寄
問流水問那流雲　何時能解落花情

狂風擋不住我的情　暴雨擋不住我的意
逝去的歲月啊　未曾流下痕跡
滴滴雨流在眼內　無邊相思何處寄
問狂風問那暴雨　何時能解落花情

流水帶走了我的情　流雲帶走了我的意
逝去的歲月啊　未曾流下痕跡
寒風起落花飄零　無邊相思何處寄
問流水問那流雲　何時能解落花情」

再者，三段歌詞雖有不同，但旋律卻完全一樣，例如《三部情曲》：

「感情多芬芳呀　灑滿我衣裳　風兒吹過來呀　陣陣撲鼻香
你若把感情來比美酒　越久越芬芳

友情似水長呀　遠流到他鄉　水有源有地呀　悠悠不能忘
你若把友情來比美酒　越久越芬芳

愛情似花香呀　洋溢我心房　把它送給你呀　我倆一般香
你若把愛情來比美酒　越久越芬芳」

《桂花巷》：

「想我一生的運命　親像風吹打斷線
隨風浮沈沒依偎　這山飄浪過彼山
一旦落土低頭看　只存枝骨身已爛
啊　只存枝骨身已爛

花朵較壞嘛開一次　偏偏春風等袂來
只要根頭還原在　不怕枝葉受風颱
誰知花　等人採　已經霜降日落西

啊　已經霜降日落西

風吹身軀桂花命　若來想起心就痛
恩怨如煙皆當散　禍福當作天註定
往事何必越頭看　把他當作夢一般
啊　把他當作夢一般」

而《人間》則是兩段半的形式，不足三章；《童年》卻擁有五段，超過三章。歌詞雖每段不同，但旋律卻完全一樣。

《人間》：

「風雨過後不一定有美好的天空　不是天晴就會有彩虹
所以你一臉無辜　不代表你懵懂
不是所有感情都會有始有終　孤獨盡頭不一定惶恐
可生命總免不了　最初的一陣痛
但願你的眼睛　只看得到笑容
但願你流下每一滴淚　都讓人感動
但願你以後每一個夢　不會一場空
天上人間　如果真值得歌頌
也是因為有你　才會變得鬧哄哄
天大地大　世界比你想像中朦朧
我不忍心再欺哄　但願你聽得懂

風雨過後不一定有美好的天空　不是天晴就會有彩虹

所以你一臉無辜　不代表你懵懂
不是所有感情都會有始有終　孤獨盡頭不一定惶恐
可生命總免不了　最初的一陣痛
但願你的眼睛　只看得到笑容
但願你流下每一滴淚　都讓人感動
但願你以後每一個夢　不會一場空
天上人間　如果真值得歌頌
也是因為有你　才會變得鬧哄哄
天大地大　世界比你想像中朦朧
我不忍心再欺哄　但願你聽得懂

天上人間　如果真值得歌頌
也是因為有你　才會變得鬧哄哄
天大地大　世界比你想像中朦朧
我不忍心再欺哄　但願你聽得懂
但願你會懂　該何去何從」

《童年》：

「池塘邊的榕樹上　知了在聲聲叫著夏天
操場邊的鞦韆上　只有蝴蝶停在上面
黑板上老師的粉筆　還在拚命嘰嘰喳喳寫個不停
等待著下課　等待著放學　等待遊戲的童年

福利社裏面什麼都有　就是口袋裏沒有半毛錢
諸葛四郎和魔鬼黨　到底誰搶到那支寶劍
隔壁班的那個女孩　怎麼還沒經過我的窗前
嘴裏的零食　手裏的漫畫　心裏初戀的童年

總是要等到睡覺前　才知道功課只作了一點點
總是要等到考試以後　才知道該唸的書都沒有唸
一寸光陰一寸金　老師說過寸金難買寸光陰
一天又一天　一年又一年　迷迷糊糊的童年

沒有人知道為什麼　太陽總下到山的那一邊
沒有人能夠告訴我　山裏面有沒有住著神仙
多少的日子裏　總是一個人面對著天空發呆
就這麼好奇　就這麼幻想　這麼孤單的童年

陽光下蜻蜓飛過來　一片片綠油油的稻田
水彩蠟筆和萬花筒　畫不出天邊那一條彩虹
什麼時候才能像高年級的同學有張成熟與長大的臉
盼望著假期　盼望著明天　盼望長大的童年
一天又一天　一年又一年　盼望長大的童年」

爾後，華語流行歌曲的變化，不僅在歌詞上，變化多端；即便在旋律上，也是花樣繁多。而凡是整段旋律完全改變，以便帶起高潮，產生亮點，我們一般就將此種旋律變化，稱之為

「副歌」；而具有重複性的旋律，則是「主歌」。例如《塵緣》、《浮生千山路》、《在水一方》，均屬於主、副歌的搭配變化。

《塵緣》：

「塵緣如夢　幾番起伏總不平　到如今都成煙雲
情也成空　宛如揮手袖底風　幽幽一縷香飄在深深舊夢中（主歌）

繁花落盡　一身憔悴在風裡　回頭時無晴也無雨
明月小樓　孤獨無人訴情衷　人間有我殘夢未醒（主歌）

漫漫長路起伏不能由我　人海漂泊嚐盡人情淡泊
熱情熱心換冷淡冷漠　任多少深情獨向寂寞（副歌）

人隨風過　自在花開花又落　不管世間滄桑如何
一城風絮　滿腹相思都沉默　只有桂花香暗飄過（主歌）」

《浮生千山路》：

「小溪春深處　萬千碧柳蔭　不記來時路
心托明月　誰家今夜扁舟子（主歌）
長溝流月去　煙樹滿晴川　獨立人無語
驀然回首　紅塵猶有未歸人（主歌）

春遲遲　燕子天涯　草萋萋　少年人老
水悠悠　繁華已過了　人間咫尺千山路（副歌）

小溪春深處　萬千碧柳蔭　不記來時路
心托明月　誰家今夜扁舟子（主歌）

行到水窮處　坐看雲起時　涼淨風恬
人間依舊　細數浮生千萬緒（主歌）

春遲遲　燕子天涯　草萋萋　少年人老
水悠悠　繁華已過了　人間咫尺千山路（副歌）」

《在水一方》：

「綠草蒼蒼　白霧茫茫　有位佳人　在水一方（主歌）
我願逆流而上　依偎在她身旁　無奈前有險灘　道路又遠又長
我願順流而下　找尋她的方向　卻見依稀彷彿　她在水的中央（副歌）

綠草萋萋　白霧迷離　有位佳人　靠水而居（主歌）
我願逆流而上　與她輕言細語　無奈前有險灘　道路曲折無已
我願順流而下　找尋她的足跡　卻見彷彿依稀　她在水中佇立（副歌）

綠草蒼蒼　白霧茫茫　有位佳人　在水一方（主歌）
我願逆流而上　依偎在她身旁　無奈前有險灘　道路又遠又長
我願順流而下　找尋她的方向　卻見依稀彷彿　她在水的中央（副歌）」

發展到近些年來，更有一開始即先唱副歌，再唱主歌的情形，例如《天頂的月娘》：

「天頂的月娘啊　你甘有塊看
看阮的心肝啊　為何塊作疼
天頂的月娘啊　我輕輕叫一聲
望他會知影啊　不倘讓我孤單（副歌）

是不是上世人　欠你的感情債
這世人　要用青春拿來賠
你的心那樣冷　你的愛那樣冰
這世間　有誰人親像我這癡情
一瞑一瞑的想思　浮浮沉沉放袂離
一次一次抬頭看　流星那會這沒伴（主歌）

天頂的月娘啊　你甘有塊看
看阮的心肝啊　為何塊作疼
天頂的月娘啊　我輕輕叫一聲

望他會知影啊　不倘讓我孤單（副歌）

天頂的月娘啊　你甘有塊看
看阮的心肝啊　為何塊作疼
天頂的月娘啊　我輕輕叫一聲
望他會知影啊　不倘讓我孤單（副歌）」

《後來》：

「後來　我總算學會了如何去愛　可惜你早已遠去消失在人海
後來　終於在眼淚中明白　有些人　一旦錯過就不再（副歌）

梔子花白花瓣　落在我藍色百褶裙上
愛你　你輕聲說　我低下頭聞見一陣芬芳
那個永恆的夜晚　十七歲仲夏　你吻我的那個夜晚
讓我往後的時光　每當有感嘆　總想起當天的星光
那時候的愛情　為什麼就能那樣簡單
而又是為什麼　人年少時　一定要讓深愛的人受傷
在這相似的深夜裡　你是否一樣　也在靜靜追悔感傷
如果當時我們能　不那麼倔強　現在也不那麼遺憾
你都如何回憶我　帶著笑或是很沉默
這些年來　有沒有人能讓你不寂寞（主歌）

後來　我總算學會了如何去愛　可惜你早已遠去　消失在人海

後來　終於在眼淚中明白　有些人　一旦錯過就不再

（副歌）

後來　我總算學會了如何去愛　可惜你早已遠去　消失在人海

後來　終於在眼淚中明白　有些人　一旦錯過就不再

（副歌）

永遠不會再重來

有一個男孩 愛著那個女孩（結尾）」

主、副歌的搭配，可謂窮極變化之能事。乃至如《可惜不是你》：

「這一刻 突然覺得好熟悉 像昨天 今天同時在放映

我這句語氣 原來好像你 不就是我們愛過的證據

差一點 騙了自己騙了你 愛與被愛不一定成正比

我知道被疼是一種運氣 但我無法完全交出自己

努力為你改變 卻變不了 預留的伏線

以為在你身邊 那也算永遠 彷彿還是昨天

可是昨天 已非常遙遠 但閉上我雙眼 我還看得見（主歌）

可惜不是你 陪我到最後 曾一起走卻走失那路口
感謝那是你 牽過我的手 還能感受那溫柔（副歌）

那一段 我們曾心貼著心 我想我更有權力關心你
可能你 已走進別人風景 多希望 也有 星光的投影
努力為你改變 卻變不了 預留的伏線
以為在你身邊 那也算永遠 彷彿還是昨天
可是昨天 已非常遙遠 但閉上我雙眼 我還看得見（主歌）

可惜不是你　陪我到最後曾一起走卻走失那路口
感謝那是你　牽過我的手還能感受那溫柔（副歌）

可惜不是你 陪我到最後 曾一起走卻走失那路口
感謝那是你 牽過我的手 還能感受那溫柔（副歌）
感謝那是你 牽過我的手 還能溫暖我胸口（結尾）」

不但有主、副歌的變化，更有「變奏」的小搭配以及段落順序的交錯，其所產生的音樂效果，就遠非詩經時代所能想望的了。

•第三章•

文學內容的四大要素

壹　一、序論

年輕人在欣賞文學時，往往弄不清楚文學的內容，到底裝了些什麼東西？而感動我們的，又是哪一部分？就算某些感覺較為敏銳的人，也僅僅知道，文學裏面蘊藏著極為深刻的思想與情感，是那一部分感動了我們。至於那些思想與情感，到底隱藏在什麼東西的背後，且又如何能達到那樣感人的效果？則大多數人也就說不出個所以然了。

有鑑於此，本文擬就文學內容的四大要素——事、理、情、景，做一番深刻的解析，並分別就詩歌、散文、小說與戲劇這四大部門，舉例詳論其間的脈絡與訣竅。其目的，無非是希望年輕人在欣賞文學之際，不再茫無頭緒。更進一步，當然期望年輕朋友能確實掌握要領，依循前人的經驗，努力從事創作，以豐富我們的文學生命。

舉凡文學，不論是古典或現代，不論是詩歌、散文、小說或戲劇，其內容均不外有「事」、「理」「情」、「景」四大要素。小至一首詩、一闋詞、一篇文章，大至一部小說、一齣戲劇，均無例外。

畢竟，文學是現實人生的反映，而人生中最豐富精采的，不就是那些呈現在我們眼前的種種現象，其中包括了自然現象與人文現象。這些現象，儘管紛擾多變，但是，如果我們曾用心去觀察它、記錄它，並加以分析歸納，相信不難從當中抽繹出一些規律性與因果性，甚或建立起一些原理、原則。

人心總是有感的，再加上人類與生俱來就擁有五種感覺器官——眼、耳、鼻、舌、身，感官與外界的景物、人事相接觸，總會有感知與覺受，進而產生所謂的七情六慾。

上述所謂的自然現象就是「景」，人文現象就是「事」，原理、原則就是「理」，感知、覺受就是「情」。文學內容的呈現，可以說「盡此而已矣」！

蘇軾在《水調歌頭》一詞中云：「**人有悲歡離合，月有陰晴圓缺，此事古難全。**」「人有悲歡離合」就是人文現象，「月有陰晴圓缺」就是自然現象。這兩種現象，雖分屬「事」與「景」，但是卻具有某種程度的同質性，也就是說，它們擁有相同的「理」寄寓在其中，也經常引發世人產生相類似的感觸——（情）。於是，事、理、情、景這四大要素，就完全融成一氣了。

古人做學問，最看重的就是要溝通自然之理與人文之理。因此，東坡先生的詞作，選擇做這樣的呈現，當然最自然不過了。其實，易經的道理也是如此，只不過它又多了一個符號來象徵罷了。所謂「觀象玩辭」，一則指的是觀察卦象、玩味爻辭，二則也是指觀察自然現象與人文現象，並進而體會宇宙人生各階段的變化發展。

二、詩歌中有關四大要素的安排

既然文學脫離不了「事」、「理」、「情」、「景」這四大要素，接下來，我們就要談談此四大要素，又分別具有什麼特性？在欣賞分析與創作實務上，又該怎麼掌握與安排？

事、理、情、景這四大要素，其中的「情」與「理」較為抽象，「事」和「景」則比較具體。凡是抽象的東西，世人往往較難掌握、理解，也不易傳達，因此，純粹的抒情或說理之作，幾乎很難產生。有鑑於此，聰明的作家都懂得一種訣竅，就是借事說理、借景抒情，也就是「將抽象的情理具象化」，亦即使情、理與事、景相結合。如此一來，作家所欲傳達的情、理，就不再是抽象難懂，反倒是具體明白了。初步的做法是事與理相結合，情與景相結合；更進一步，則是事與情、理與景也可以相結合；甚至最終，事、理、情、景四者，彼此融合無間，完全不能分割。

現在，謹以兩首詩以及一闕詞為例，對此一問題，稍作解析。觀念明晰之後，再分別就散文、小說、戲劇，舉例說明之。

劉禹錫《烏衣巷》：

「朱雀橋邊野草花，烏衣巷口夕陽斜；
舊時王謝堂前燕，飛入尋常百姓家。」

這首詩，主要在傳達一種今古興亡的感慨，當然是「情」。情是抽象的，不易傳達，因此，劉禹錫特別借助「野草花」、「夕陽斜」這些荒涼之景，來烘托內心的蒼涼之情。於是，情和景合而為一，既有意象，也有畫面，一切都變得非常的具體。甚至連「富貴不可長保」的人生至理，彷彿也在燕子飛進飛出的同時，完全獲得了印證。

朱熹《觀書有感》：

「半畝方塘一鑑開，天光雲影共徘徊；
問渠那得清如許，為有源頭活水來。」

這首詩，主要在勸人多讀書、多識理，如此心靈纔能保持澄澈，像明鏡一般，能照察萬物而不惑。這當然是「理」，理和情一樣，同樣地抽象難懂，因此，朱夫子特別借景來說理，以「池塘」象徵「人心」，以「活水」象徵「新知」，說明惟有不斷地注入活水（新知），池塘（人心）纔能澄澈如鏡，天光雲影也纔能天上、水中，上下交相輝映。

蔣捷《虞美人・聽雨》：

「少年聽雨歌樓上，紅燭昏羅帳。
壯年聽雨客舟中，江闊雲低斷雁叫西風。
而今聽雨僧廬下，鬢已星星也。
悲歡離合總無情，一任階前點滴到天明。」

這闋詞，主要在闡明人生的三個不同階段，所呈現出來的三種境界。少年、中年、老年，均做相同的一件事——聽雨，但是，身處的境地（景）與引動的情懷（情），卻截然不同。

少年時期，在歌樓上聽雨，面對的是「紅燭昏羅帳」這種景致，氣氛當然益增浪漫，引動的是歡合之情。

中年時期，在客舟中聽雨，天涯飄盪，面對的是「江闊雲低斷雁叫西風」這種景象，氛圍當然更添悲苦，引動的是悲離之情。

到了老年，在僧廬下聽雨，心境已然完全超脫，再無所謂「悲歡離合」的牽扯與糾纏，於是乎人生的至理，似乎也就蘊藏在這些不同的情境之中。

短短的一闋詞，事、理、情、景，一樣都不缺，層次卻又是如此般的分明，傳情達意，暢快無礙，境界越轉越高，古人真不可及！

三、散文中有關四大要素的安排

詩歌的例證，已如上述。今再以散文為例，看看知名作家又是如何來安排事、理、情、景這四大要素。首先，以范仲淹《岳陽樓記》為例：

「慶曆四年春，滕子京謫守巴陵郡。越明年，政通人和，百廢具興，乃重修岳陽樓，增其舊制，刻唐賢今人詩賦于其上，屬予作文以記之。

予觀夫巴陵勝狀，在洞庭一湖。銜遠山，吞長江，浩浩湯湯，橫無際涯，朝暉夕陰，氣象萬千。此則岳陽樓之大觀也，前人之述備矣。然則北通巫峽，南極瀟湘；遷客騷人，多會于此。覽物之情，得無異乎？
若夫霪雨霏霏，連月不開；陰風怒號，濁浪排空；日星隱曜，山岳潛形；商旅不行，檣傾楫摧；薄暮冥冥，虎嘯猿啼；登斯樓也，則有去國懷鄉，憂讒畏譏，滿目蕭然，感極而悲者矣！
至若春和景明，波瀾不驚；上下天光，一碧萬頃；沙鷗翔集，錦鱗游泳；岸芷汀蘭，郁郁青青；而或長煙一空，皓月千里；浮光耀金，靜影沉璧；漁歌互答，此樂何極！登斯樓也，則有心曠神怡，寵辱皆忘，把酒臨風，其喜洋洋者矣！
嗟夫！予嘗求古仁人之心，或異二者之為，何哉？不以物喜，不以己悲；居廟堂之高，則憂其民；處江湖之遠，則憂其君；是進亦憂，退亦憂，然則何時而樂耶？其必曰：『先天下之憂而憂，後天下之樂而樂乎！』噫，微斯人，吾誰與歸？」

本文首段，點出了人、事、時、地這幾項因素·並說明了范氏作記的緣由，完全以事為主。第二段則描述岳陽樓大致的景觀，是以景為主。尤其，末後「覽物之情，得無異乎？」兩句，更是開啟三、四兩段「情、景交融」的樞紐。

第三段描寫在陰暗之景下，人心往往容易生起悲悽之情，雖然寫景的文字多，抒情的文字少，但是，因為「借景抒情」的關係，仍應視之為「以情為主」。

第四段完全與第三段對應，乃描寫人心在陽和之景下，易生喜樂之情。兩段一正一反，相互映襯，景則一明一暗，情則一悲一喜，令人生起無限的慨嘆。

最後一段，在前兩段「雨悲晴喜」的基礎下，范氏將人的境界分成三層。最底層是一般人，心情的悲喜易受外在環境的影響；再上一層是仁人志士，所謂「不以物喜，不以己悲」，完全擺脫了外境、外物的影響；最高層則是聖人的境界，所謂「先天下之憂而憂，後天下之樂而樂」，完全以天下為己任，不禁令人心生嚮往。全段既然是在討論境界的高下，當然是以理為主。

所以，總結五段的結構，第一段以事為主，第二段以景為主，三、四兩段則以情為主，第五段以理為主。范氏先寫具體性的事和景，再藉此為基礎以抒情和論理，由具體而至抽象，技巧高明至極。

其次，再以歐陽修《醉翁亭記》為例：

「環滁皆山也。其西南諸峰，林壑尤美，望之蔚然而深秀者，琅琊也。山行六七里，漸聞水聲潺潺而瀉出於兩峰之間者，釀泉也。峰回路轉，有亭翼然臨於泉上者，醉翁亭也。作亭者誰？山之僧智仙也。名之者誰？太守自謂也。太守與客來飲於此，飲少輒醉，而年又最高，故自號曰醉翁也。醉翁之意不在酒，在乎山水之間也。山水之樂，得之心而寓之酒也。

若夫日出而林霏開，雲歸而巖穴暝，晦明變化者，山間之朝暮也。野芳發而幽香，佳木秀而繁陰，風霜高潔，水落而石出者，山間之四時也。朝而往，暮而歸，四時之景不同，而樂亦無窮也。

至於負者歌于途，行者休於樹，前者呼，後者應，傴僂提攜，往來而不絕者，滁人遊也。臨溪而漁，溪深而魚肥；釀泉爲酒，泉香而酒冽，山肴野蔌，雜然而前陳者，太守宴也。宴酣之樂，非絲非竹，射者中，弈者勝，觥籌交錯，起坐而喧嘩者，衆賓歡也。蒼顏白髮，頹然乎其中者，太守醉也。

已而夕陽在山，人影散亂，太守歸而賓客從也。樹林陰翳，鳴聲上下，遊人去而禽鳥樂也。然而禽鳥知山林之樂，而不知人之樂；人知從太守遊而樂，而不知太守之樂其樂也。醉能同其樂，醒能述以文者，太守也。太守謂誰？廬陵歐陽修也。」

第一段前半，歐氏運用了層遞法的技巧，範圍由大而小，點出了文章主題「醉翁亭」，是以景為主。第一段後半，則以事為主，說明起造涼亭的是何人？為涼亭命名的又是何人？段尾則融進了一點情和理，所謂「醉翁之意不在酒，在乎山水之間也」、「山水之樂，得之心而寓之酒也」。

第二段寫琅琊山的景色，有「晨昏」與「四季」的變化，是以景為主，而段尾「朝而往，暮而歸，四時之景不同，而樂亦無窮也」，則點出了一些事和情。

第三段寫滁人遊山的實況，是以事為主。而「宴酣之樂，非絲非竹」，則是將情寄寓在事上。

第四段一開始，「夕陽在山，人影散亂，太守歸而賓客從也」點出了事；其次，「樹林陰翳，鳴聲上下」點出了景；末後，歐氏則將樂的境界分為三層，由「禽鳥之樂」到「眾人之樂」，再到「太守之樂」，是以理為主。最終，以「太守謂誰？廬陵歐陽修也」作結，又點出了事。

總結《醉翁亭記》一文，凡分四段，第一段前半以景為主，第一段後半以事為主，第二段以景為主，第三段以事為主，第四段以理為主。至於情，則散布在各個段落之間。

整體來說，歐氏對於四大要素的安排，明顯與范氏不同，變化也較為錯綜，遠不如范氏般的純化。兩人唯一的相似之處，則是先「具體」而後「抽象」。

最後，以蘇軾《超然臺記》為例：

「凡物皆有可觀。苟有可觀，皆有可樂，非必怪奇偉麗者也。餔糟啜醨，皆可以醉；果蔬草木，皆可以飽；推此類也，吾安往而不樂？
夫所謂求福而辭禍者，以福可喜而禍可悲也。人之所欲無窮，而物之可以足吾欲者有盡，美惡之辨戰於中，而去取之擇交乎前。則可樂者常少，而可悲者常多，是謂求禍而辭福。夫求禍而辭福，豈人之情也哉？物有以蓋之矣。彼遊於物之內，而不遊於物之外；物非有大小也，自其內而觀之，未有不高且大者也。彼挾其高大以臨我，則我常眩亂反覆，如隙中之觀鬥，又焉知勝負之所在。是以美惡橫生，而憂樂出焉，可不大哀乎。

余自錢塘，移守膠西。釋舟楫之安，而服車馬之勞；去雕墻之美，而蔽采椽之居；背湖水之觀，而行桑麻之野。始至之日，歲比不登，盜賊滿野，獄訟充斥。而齋廚索然，日食杞菊，人固疑余之不樂也。處之期年，而貌加豐，髮之白者，日以反黑。余既樂其風俗之淳，而其吏民，亦安予之拙也。於是治其園囿，潔其庭宇，伐安邱、高密之木，以修補破敗，為苟全之計。而園之北，因城以為臺者舊矣，稍葺而新之。時相與登覽，放意肆志焉。南望馬耳、常山，出沒隱見，若近若遠，庶幾有隱君子乎！而其東則廬山，秦人盧敖之所從遁也。西望穆陵，隱然如城郭，師尚父、齊威公之遺烈，猶有存者。北俯濰水，慨然太息，思淮陰之功，而弔其不終。

臺高而安，深而明，夏涼而冬溫，雨雪之朝，風月之夕，余未嘗不在，客未嘗不從。擷園蔬，取池魚，釀秫酒，瀹脫粟而食之，曰：『樂哉遊乎！』方是時余弟子由適在濟南，聞而賦之，且名其臺曰超然。以見余之無所往而不樂者，蓋遊於物之外也。」

蘇氏第一段開頭，即憑空大發議論，闡明無處不樂之理，是以理為主。

第二段再承接首段立意，繼續申論世人「求福辭禍」往往適得其反的原因，仍然以理為主。第三段前半敘述蘇氏北遷的實況，是以事為主；第三段後半描寫超然臺四方所見的景象，是以景為主，而傳統知識分子「仕、隱二志」的感慨，自然也就寄寓其中，東南象徵「隱」這個志向，西北象徵「仕」這個志向，所以，第三段後半也可視之為「情景交融」。

第四段描寫超然臺「高安深明，夏涼冬溫」的特色，並記敘蘇氏一行人遊賞風景的情況，最終並點明替超然臺命名者為子由，而命名所依據的用意，則是蘇氏能「超然物外」，因此能「無所往而不樂」，是將事、理、情、景四大要素，完全雜糅在一起而無分賓主。

上引三篇文章，均屬遊記類型，如果按照前人論文的分類：敘事、議論、抒情、詠物，那麼這三篇文章，似乎只能描述風光、詠寫景物，於事、於情、於理，將絲毫無涉。這種看法，對年輕學子而言，相當普遍，卻也是個天大的誤解。蓋分類，乃是為了幫助人們有系統地了解問題，萬不可拘泥於類別的限制。

某些人或昧於此，便以為議論文祇能說理，抒情文祇能抒情，於是乎所論之理、所遣之情，往往抽象空洞，令人難以理解。這主要是因為他完全不懂得「借事說理」、「借景抒情」的要領。甚或能將事、理、情、景完全融合無間，無分彼此，如此才配稱之為「有內容」的好文章。

綜觀《岳陽樓記》、《醉翁亭記》、《超然臺記》三篇文章，事、理、情、景四大要素，一樣都不缺，完全不受分類的限制，只不過四大要素先後順序的安排，那就「運用之妙，存乎一心」，看個人的本事囉！

四、小說中有關四大要素的安排

散文的例證，已如上述，今續以小說為例，看看知名作家是怎樣地安排事、理、情、景這四大要素。而為了集中力量，方便說法，本段僅以金庸的武俠小說為例，稍作分析。

1.《鹿鼎記》第一回：

「北風如刀，滿地冰霜。
江南近海濱的一條大路上，一隊清兵手執刀槍，押着七輛囚車，沖風冒寒，向北而行。
前面三輛囚車中分別監禁的是三個男子，都作書生打扮，一個是白髮老者，兩個是中年人。後面四輛囚車中坐的是女子，最後一輛囚車中是個少婦，懷中抱着個女嬰，女嬰啼哭不休。她母親溫言相呵，女嬰只是大哭。囚車旁一清兵惱了，伸腿在車上踢了一腳，喝道：『再哭，再哭，老子踢死你！』那女嬰一驚，哭得更加響了。
離開道路數十丈處有座大屋，屋檐下站着一個中年文士，一個十一二歲的小孩。那文士見到這等情景，不禁長嘆一聲，眼眶也紅了，說道：『可憐，可憐！』

那小孩問道：『爹爹，他們犯了什麼罪？』那文士道：『又犯了什麼罪？昨日和今朝已逮去了三十幾人，都是我們浙江有名的讀書人，個個都是無辜株連。』他說到『無辜株連』四字，聲音壓得甚低，生怕給押囚車的官兵聽見了。那小孩道：『那個小女孩還在吃奶，難道也犯了罪？真沒道理。』那文士道：『你懂得官兵沒道理，真是好孩子。唉，人為刀俎，我為魚肉，人為鼎鑊，我為麋鹿！』

那小孩子道：『爹，你前幾天教過我，「人為刀俎，我為魚肉」，就是給人家斬割屠殺的意思。人家是切菜刀，是砧板，我們就是魚和肉。「人為鼎鑊，我為麋鹿」這兩句話，意思也差不多麼？』那文士道：『正是！』眼見官兵和囚車已經去遠，拉着小孩的手道：『外面風大，我們回屋裏去。』當下父子二人走進書房。

那文士提筆醮上了墨，在紙上寫了個『鹿』字，說道：『鹿這種野獸，雖是龐然大物，性子卻極為平和，只吃青草樹葉，從來不傷害別的野獸。凶猛的野獸要傷它吃它，它只有逃跑，倘若逃不了，那只有給人家吃了。』又寫了『逐鹿』兩字，說道：「因此古人常常拿鹿來比喻天下。世上百姓都溫順善良，只有給人欺壓殘害的份兒。漢書上說：「秦失其鹿，天下共逐之。」那就是說，秦朝失了天下，羣雄並起，大家爭奪，最後漢高祖打敗了楚霸王，就得了這只又肥又大的鹿。』那小孩點頭道：『我明白了。小說書上說『逐鹿中原』，就是大家爭着要作皇帝的意思。』那文士甚是喜歡，點了點頭，在紙上畫了一只鼎的圖形，道：『古人煮食，不用灶頭鍋子，用這樣三隻腳的鼎，下面燒柴，捉到了鹿，就在鼎裏煮來吃。皇帝和大官都很殘忍，心裏不喜歡誰，就說他犯了罪，把他放在鼎裏活活煮熟。「史記」中記載藺相如對秦王所言：「臣知欺大王之罪當誅也，臣請就鼎鑊。」就是說：「我該死，將我在鼎裏燒死了罷！」』

那小孩道：『小說書上又常說『問鼎中原』，這跟『逐鹿中原』好像意思差不多。』

那文士道：『不錯。夏禹王收九州之金，鑄了九大鼎。當時的所謂「金」其實是銅。每一口鼎上鑄了九州的名字和山川圖形，後世為天下之主的，便保有九鼎。左傳上說：「楚子觀兵於周疆。定王使王孫滿勞楚子。楚子問鼎之大小輕重焉。」只有天下之主，方能保有九鼎。楚王只是楚國的諸侯，他問鼎的輕重大小，便是心存不軌，想取周王之位而代之。』

那小孩道：『所以「問鼎」、「逐鹿」，便是想做皇帝。「未知鹿死誰手」，就是不知那一個做成了皇帝。』

那文士道：『正是。到得後來，「問鼎」、「逐鹿」這四個字，也可借用於別處，但原來的出典，是專指做皇帝而言。』說到這裏，嘆了口氣，道：『咱們做百姓的，總是死路一條。「未知鹿死誰手」，只不過未知是誰來殺了這頭鹿，這頭鹿，卻是死定了的』

他說著走到窗邊，向窗外望去。只見天色沉沉地。似要下雪，嘆道：『老天爺何其不仁，數百個無辜之人。在這冰霜遍地的道上行走。下起雪來，可又多受一番折磨了。』」

「北風如刀，滿地冰霜。」一開頭就是寫景。接著「江南近海濱的一條大路上，一隊清兵手執刀槍，押着七輛囚車，沖風冒寒，向北而行。前面三輛囚車中分別監禁的是三個男子，都作書生打扮，一個是白髮老者，兩個是中年人。後面四輛囚車中坐的是女子，最後一輛囚車中是個少婦，懷中抱着個女嬰，女嬰啼哭不休。她母親溫言相呵，女嬰只是大哭。囚車旁一清兵惱了，伸腿在車上踢了一腳，喝道：『再哭，再哭，老子踢死你！』那女嬰一驚，哭得更加響了。」則是一邊敘事，一邊寫景，總以「靈活靈現，如在目前」為原則。直至「那文士見到這等情景，不禁長嘆一聲，眼眶也紅了，說道：『可憐，可憐！』」則是借事抒情了。至於後頭父子間那一長串對話，則明顯有情有理寄寓其中，令人讀後不禁感慨萬千，鼻間一陣酸楚。小說動人的魅力正在此，人物性格，鮮明生動，有情有義；故事情節，跌宕變化，入情入理。在在都是小說引人入勝的地方，而其中事、理、情、景的安排，也都隱約可見。

2.今再以《神鵰俠侶》第一回為例：

「『越女採蓮秋水畔，窄袖輕羅，暗露雙金釧。照影摘花花似面，芳心只共絲爭亂。雞尺溪頭風浪晚，霧重煙輕，不見來時伴。隱隱歌聲歸棹遠，離愁引著江南岸。』
一陣輕柔婉轉的歌聲，飄在煙水濛濛的湖面上。歌聲發自一艘小船之中，船裏五個少女和歌嘻笑，盪舟採蓮。她們唱的曲子是北宋大詞人歐陽修所作的『蝶戀花』詞，寫的正是越女採蓮的情景，雖只寥寥六十字，但季節、時辰、所在、景物以及越女的容貌、衣著、首飾、心情，無一不描繪得歷歷如見，下半闋更是寫景中有敘事，敘事中挾抒情，自近而遠，餘意不盡。」

金庸先生的小說，何嘗不是「寫景中有敘事，敘事中挾抒情」，甚或「人生至理」，也自然寄寓其中，如：

「那道姑一聲長嘆，提起左手，瞧著染滿了鮮血的手掌，喃喃自語：『那又有甚麼好笑？小妮子只是瞎唱，渾不解詞中相思之苦、惆悵之意。』」

此外，第七回：

「古墓派祖師林朝英當年苦戀王重陽，終於好事難諧。她傷心之餘，立下門規，凡是得她衣缽真傳之人，必發誓一世居於古墓，終身不下終南山，但若有一個男子心甘情願的為她而死，這誓言就算破了。不過此事決不能事先讓那男子得知。只因林朝英認定天下的男子無不寡恩薄情，王重陽英雄俠義，尚自如此，何況旁人？決無一個能心甘情願為心愛的女子而死，若是真有此人，那麼她後代弟子跟他下山也自不枉了。李莫愁比小龍女早入師門，原該承受衣缽，但她不肯立那終身不下山之誓，是以後來反由小龍女得了真傳。」

這一段描述，也充分反映出「下山一定好嗎？」的論辯。蓋「身居古墓，心如止水，一切無色」，未必不好；及至「身入紅塵，心如奔馬，色接不暇」，未必較佳。當中的事理，確實發人深省。

另外，金庸在《天龍八部》裡，藉「藏經閣老僧」那一段佛法與武功的論述，更是集「理趣」與「情趣」之大全，令人遙想當時的事蹟情景，不但歷歷在目，佛法與武學之至理，也一樣引人深思。相較於《俠客行》裡，龍、木兩島主「白首太玄經」，竟不如石破天「隻字不識」，也同樣充滿理趣。能超脫「文字障」，又豈低於《天龍八部》中的「武學障」與「知見障」。小說中蘊藏著宇宙人生的至理，確實不容小覷。

五、戲劇中有關四大要素的安排

小說的例證，已如上述。今當舉戲劇為例，以明其間的脈絡，惟受篇幅所限，且舞臺劇本又往往數量驚人，實不便於此一一引述。故僅選用張曉風《和氏璧》第三場中的一小段為例，略論其事、理、情、景的安排如下：

《和氏璧》第三場：

「卞和與和氏在玉礦前沉默地，一言不發地掘地，每一鋤下去都有一聲好聽的金石聲迸散開來，此起彼落地像一曲音樂。

許久許久，和氏有了顯然的不耐。

和氏：師兄—師兄，這玉礦開了有多少年了？

卞和：不知道，這是我祖父傳下來的。

和氏：師兄，我們這樣挖下去又挖得出什麼呢？可挖的大概早挖光了。

卞和：不，這礦很好，現在正是好的時候，你看，這一片林木多潤澤，這一帶蘭芷多麼芬芳，你看，這些從地下湧出來的泉水多麼清冽，而且，你看那些繚繞上騰的綠煙嗎？這一切都證明這是一個好的玉礦。

和氏：師兄，其實，嘿，我說我們太傻了，其實現在別人已經有辦法做玉了——他們不挖玉，他們做玉。

卞和：做玉？不可能的，他們永遠做不出玉來，玉是天地間一點靈氣之所鍾，哪是用石頭加染料就可以做

出來的。

和氏：可是，識貨的人少啊，所以買假玉的人比買真玉的人可要多得多呢——賺錢哪，師兄，可真賺錢啊！」

開場，點出卞和與和氏兩人一言不發地掘地，是屬於事。好聽的金石聲，像一曲音樂，則是景。和氏有了顯然的不耐，是情。玉是天地間一點靈氣之所鍾，哪裡是用石頭加染料就可以做出來的，則是顛撲不破的真理。

六、結論

根據以上的論述，我們確知文學內容不管如何變化，永遠脫離不了事、理、情、景這四大要素的描寫，詩歌如此，散文如此，小說與戲劇，又何嘗不然？因此，想要創作一部好的文學作品，務必先規劃好四大要素將怎麼安排？什麼地方該敘事，什麼地方該寫景？怎樣借事說理？怎樣借景抒情？甚或，如何將四大要素完全雜糅在一起，融合無間？這都是下筆之初，就得事先考慮清楚的。能這麼做，文學內容將不致單調貧乏，遣情論理也不致空洞浮濫。就算作品未臻成熟，至少情意的傳達，總是具體清晰，明白如畫，讀者也不致「丈二金剛」，摸不著頭緒了！

•第四章•

文章結構「起、承、轉、合」的安排

一、序論

學過古文的人都知道，文章在結構的安排上，有所謂的起、承、轉、合。祇不過該怎麼起？怎麼承？怎麼轉？怎麼合？又有些什麼要領，大多數人便語焉不詳了。

因此，本文擬就「起、承、轉、合」的安排，舉例詳加論述其間的各種變化，譬如：起就有「正起、反起與側起」三種方法。文章破題時，從題旨的正面落筆，是為正起；從題旨的反面落筆，是為反起；從題旨的側面落筆，是為側起。觀念明晰之後，再以實例論證之。如此一來，相信大家對於下筆之初，該如何破題？便有了相當程度的了解。

其次，文章講求首尾相應，不管開頭運用的是正起法？反起法？還是側起法？最終都得回扣到主題，並對前面的承、轉，做一個總的收束。能如此，文章的結構自然緊實而有彈性，讀者也將更容易掌握文章的主旨以及承轉的脈動。

寫文章如果懂得起、承、轉、合，你至少具備了「有結構」這一項特點。其次，如果你還懂得文學內容有四大要素——事、理、情、景，而這四樣東西，在你的文章中，一個都不缺，那麼，你又多了一項「有內容」的特點。最後，你若還懂得一些修辭技巧，並運用得非常得宜，那麼你的文章，不就具備了「有結構」、「有內容」、「有技巧」這三項特質了嗎？試問，這樣的文章，還能不得高分嗎？至於「用字」、「遣詞」，在我看來，都不過是枝葉罷了。寫作文，「強本固元」還是最為重要，根基穩了，往上的種種表現，纔能更為精彩。

任何文章都必然有個主題，或者說，都必然有個題目。題目的主要作用，是讓你的文章有一個固定的發展方向，不致於雜亂無章。因此，下筆之初，「審題」最為重要，你得先弄清楚，題目要你寫些什麼？假使你弄錯了，那就叫做「離題」，寫文章離了題，那可是什麼分數都沒有的。

一下筆就針對題目的主旨來論述，叫做「破題」。一旦破了題，至少不會得零分。祇不過「破題」之後，該怎麼發展？那就「運用之妙，存乎一心」了，只能各憑本事囉！

二、「起、承、轉、合」的基本要領及舉例

「起」就是開頭，開頭有特色，往往令人驚豔，容易吸引別人的目光，使人產生往下讀的衝動。如果立意普通，所引用的成語，任誰都會想到，那麼「千篇一律」的結果，你想評審會願意給你高分嗎？因此，下筆之初，絕對不容輕率。

一般說來，「起」有三種。即「正起」、「反起」與「側起」。「正起」是從題旨的正面落筆，「反起」是從題旨的反面落筆，「側起」是從題旨的側面落筆。例如：題目是「論自由」，

一開始就說明什麼叫自由，這就是「正起」；若一開始就從不自由說起，剛好與題旨相反，這就是「反起」；若是既不從自由說起，也不從不自由說起，先說旁的不相干的事，再慢慢兜回自由，這就是「側起」。底下，我們就先舉三首詩為例，以明其用：

杜甫《登樓》：

「花近高樓傷客心，萬方多難此登臨；
錦江春色來天地，玉壘浮雲變古今。
北極朝廷終不改，西山寇盜莫相侵；
可憐後主還祠廟，日暮聊為梁父吟。」

這首詩，題目為「登樓」，首、二兩句，分別有「樓」字與「登」字，是為「正起」。

王昌齡《閨怨》：

「閨中少婦不知愁，春日凝妝上翠樓；
忽見陌頭楊柳色，悔教夫婿覓封侯。」

這首詩，題目為「閨怨」，首句偏從「不知愁」說起，既然「不知愁」，當然「沒有怨」，是為「反起」。

金昌緒《春怨》：

「打起黃鶯兒，莫教枝上啼；
啼時驚妾夢，不得到遼西。」

這首詩，題目為「春怨」，首句偏從「黃鶯兒」說起，黃鶯鳥與產生怨情的閨中女子，本不相干，是為「側起」。

「承」就是「接著」，就是「承上啟下」，根據前段「破題」的主旨，不離本題地繼續發揮。至於，「承」是要敘事、說理？還是抒情、寫景？那都各隨其便，祇要能扣緊前面的主旨即可。畢竟，結構與內容是完全不同屬性的東西。結構固然需要安排，內容又何嘗不然？初步來說，兩者似乎要「分開」處理；終極來說，則仍然該「融合」無間。

「轉」就是「轉移」、「轉變」、「轉換」，也就是「將描寫的重心做轉移」。本來描寫的重心在人，我把它轉到外界的景物上，這就是「轉」。例如拍錄影帶一般，本來鏡頭對準著人物主角，突然鏡頭一變，拉到了外面的青山綠水，這就是一種「鏡頭的轉換」，也還是一種「轉」。

「合」就是「整合」，就是總結前面的「起」、「承」和「轉」，並將之融成一氣，回扣到主題，使得文義能前後呼應、脈絡分明，則全篇文章的結構，自然緊實密合而不致鬆散。

三、「起、承、轉、合」在詩歌中的運用情形

今試以「閨怨」為例，略論其起、承、轉、合的線索脈絡：

王昌齡《閨怨》：

「閨中少婦不知愁，春日凝妝上翠樓；
忽見陌頭楊柳色，悔教夫婿覓封侯。」

這首詩，題目為「閨怨」，主旨當然要與女子深處閨中產生了怨情有關，首句卻偏從「不知愁」說起，是運用了「反起法」。第二句「凝妝」與「上翠樓」兩個動作，則充分反映出女主角確實「不知愁」；因為若是「知愁」，則女主角必然不會刻意打扮自己，也不會登高望遠，以致惹得悲從中來。大家且看《詩經・衛風・伯兮》：

> 「自伯之東，首如飛蓬；
> 豈無膏沐？誰適為容？」

《伯兮》的女主角，因知愁有怨，所以，既沒心情打扮，也不用打扮，反正「悅己者」不在家，打扮得再漂亮，也沒人欣賞。透過這首詩作證明，可以推斷《閨怨》的女主角「凝妝」，確實反映出其不知愁。其次，韋莊《木蘭花》詞云：

> 「獨上小樓春欲暮，愁望玉關芳草路。
> 消息斷，不逢人，卻斂細眉歸繡戶。
> 坐看落花空嘆息，羅袂濕斑紅淚滴。
> 千山萬水不曾行，魂夢欲教何處覓？」

韋詞中的女主角，登高望遠，看到重重山水阻隔，所思念的人，更遠在山的那一方，所謂「平蕪盡處是春山，行人更在春山外」，想著想著，當然不禁悲從中來。

根據上述所論，閨怨第二句中的「凝妝」與」「上翠樓」，確實是「承」著首句的「不知愁」而來。第三句「忽見陌頭楊柳色」之所以稱之為「轉」，是因為首、二兩句的描寫重心，都在少婦身上，首句點出她的心理狀態，第二句則顯現出她的外在行為。如今第三句的重心，轉到了「楊柳」身上，女主角心中，便不禁產生了「聯想作用」，由楊柳青翠的顏色，聯想到自己青春的容顏，這兩樣事物均具有「美麗而短暫」的同質性。於是乎，女主角猛然警覺到「青春有限」，應及時把握，否則，將來就要「追悔莫及」了。既然下了一個「悔」字，表示知愁有怨了，回扣到主題「閨怨」，是為「合」。

綜觀這首詩，由不知愁、無怨，寫到知愁、有怨，技巧確實高明。而起、承、轉、合的線索脈絡，又是如此般的清晰，確實令人讚嘆，也很值得我們玩味學習。

四、「起、承、轉、合」在散文中的運用情形

唐宋古文中的運用實例：

詩歌在表現上，有起、承、轉、合的安排，已如上述；散文的表現，當然更是如此。今再以《岳陽樓記》一文為例，以明其起、承、轉、合的線索脈絡：

范仲淹《岳陽樓記》：

「慶曆四年春，滕子京謫守巴陵郡。越明年，政通人和，百廢具興，乃重修岳陽樓，增其舊制，刻唐賢今人詩賦于其上，屬予作文以記之。

予觀夫巴陵勝狀，在洞庭一湖。銜遠山，吞長江，浩浩湯湯，橫無際涯，朝暉夕陰，氣象萬千。此則岳陽樓之

大觀也，前人之述備矣。然則北通巫峽，南極瀟湘；遷客騷人，多會于此。覽物之情，得無異乎？

若夫霪雨霏霏，連月不開；陰風怒號，濁浪排空；日星隱曜，山岳潛形；商旅不行，檣傾楫摧；薄暮冥冥，虎嘯猿啼；登斯樓也，則有去國懷鄉，憂讒畏譏，滿目蕭然，感極而悲者矣！

至若春和景明，波瀾不驚；上下天光，一碧萬頃；沙鷗翔集，錦鱗游泳；岸芷汀蘭，郁郁青青；而或長煙一空，皓月千里；浮光耀金，靜影沉璧；漁歌互答，此樂何極！登斯樓也，則有心曠神怡，寵辱皆忘，把酒臨風，其喜洋洋者矣！

嗟夫！予嘗求古仁人之心，或異二者之為，何哉？不以物喜，不以己悲；居廟堂之高，則憂其民；處江湖之遠，則憂其君；是進亦憂，退亦憂，然則何時而樂耶？其必曰：『先天下之憂而憂，後天下之樂而樂乎！』噫，微斯人，吾誰與歸？」

這篇文章，題目為「岳陽樓記」，范氏在首段敘事當中，即點出了主題「岳陽樓」，並說明其作記的緣由，是為起。

第二段，范氏開始寫景，卻仍點出「此則岳陽樓之大觀也」，還是未脫離主題「岳陽樓」，是為承。只是文章內容上，由敘事轉為寫景，稍稍做了一點變化罷了。

第三段與第四段，則是透過映襯法的運用，讓兩段組成一個系統。在景上，做一明一暗的安排；在情上，則是一悲一喜的對照，形成所謂的「雨悲晴喜」，是情、景交融的極致表現。而且這兩段的描寫重心，之所以由景轉入到情的線索脈絡，早在第二段末後的「覽物之情，得無異乎？」就已然交代得清清楚楚。描寫重心既然改變了、轉移了，當然就是轉。

最後一段，總結前四段的描述，以為立論的基礎。雖是說理，卻不是憑空大發議論，而是建立在「雨悲晴喜」的基礎上來論說事理，是為合。世人往往擺脫不了外物、外境的影響，而外物有得失，外境有順逆。順得之時，猶如晴喜；逆失之時，猶如雨悲。只有少數的仁人志士，能夠做到「不以物喜，不以己悲」，很明顯的，其修養境界超越世人許多。尤有甚者，某些聖人不但在心境上能超脫，還能以天下興亡為己任，即所謂「先天下之憂而憂，後天下之樂而樂」，其胸襟抱負，更加值得我們世人景仰。

綜觀范氏此文，不但段落分明，內容也相當純化。第一段起，第二段承，三、四兩段轉，第五段合。第一段敘事，第二段寫景，均能緊扣主題「岳陽樓」。三、四兩段形成情、景交融，而且以情為主，並利用映襯法的修辭技巧，以寄託個人的感慨，仍然沒有脫離主題「岳陽樓」；不過在形式上，卻有著「轉」的實質表現。最後一段說理，並對前幾段的分述，做一個總收束。

不論就結構、內容或技巧來說，《岳陽樓記》一文，都是名篇中的名篇，典範中的典範，非常值得我們好好學習。

此外，蘇洵與蘇轍兩父子的《六國論》，其起、承、轉、合的線索脈絡，也是同樣的清晰。

蘇洵《六國論》：

「六國破滅，非兵不利，戰不善，弊在賂秦。賂秦而力虧，破滅之道也。

或曰：『六國互喪，率賂秦耶？』曰：『不賂者以賂者喪。』蓋失強援，不能獨完，故曰『弊在賂秦』也。秦以攻取之外，小則獲邑，大則得城。較秦之所得，與戰勝而得者，其實百倍；諸侯之所亡，與戰敗而亡者，其實亦百倍。則秦之所大欲，諸侯所大患，固不在戰矣。思厥先祖父，暴霜露，斬荊棘，以有尺寸之地。子孫視之，不甚惜，舉以與人，如棄草芥。今日割五城，明日割十城，然後得一夕安寢；起視四境，而秦兵又至矣。然則諸侯之地有限，暴秦之欲無厭，奉之彌繁，侵之愈急，故不戰而強弱勝負已判矣。至於顛覆，理固宜然。古人云：『以地事秦，猶抱薪救火，薪不盡，火不滅。』此言得之。

齊人未嘗賂秦，終繼五國遷滅，何哉？與嬴而不助五國也。五國既喪，齊亦不免矣。燕趙之君，始有遠略，能守其土，義不賂秦。是故燕雖小國而後亡，斯用兵之效也。至丹以荊卿為計，始速禍焉。趙嘗五戰於秦，二敗而三勝；後秦擊趙者再，李牧連卻之。洎牧以讒誅，邯鄲為郡，惜其用武而不終也。且燕趙處秦革滅殆盡之際，可謂智力孤危，戰敗而亡，誠不得已。

向使三國各愛其地，齊人勿附於秦，刺客不行，良將猶在，則勝負之數，存亡之理，與秦相較，或未易量。嗚呼！以賂秦之地，封天下之謀臣；以事秦之心，禮天下之奇才；並力西嚮，則吾恐秦人食之不得下咽也。悲夫！有如此之勢，而為秦人積威之所劫，日削月割，以趨於亡！為國者無使為積威之所劫哉！
夫六國與秦皆諸侯，其勢弱於秦，而猶有可以不賂而勝之之勢；苟以天下之大，而從六國破亡之故事，是又在六國下矣！」

蘇轍《六國論》：

「嘗讀六國世家，竊怪天下之諸侯，以五倍之地，十倍之眾，發憤西向，以攻山西千里之秦，而不免於滅亡，常為之深思遠慮，以為必有可以自安之計。蓋未嘗不咎其當時之士，慮患之疏，而見利之淺，且不知天下之勢也。
夫秦之所與諸侯爭天下者，不在齊、楚、燕、趙也，而在韓、魏之郊；諸侯之所與秦爭天下者，不在齊、楚、燕、趙也，而在韓、魏之野；秦之有韓、魏，譬如人之有腹心之疾也。韓、魏塞秦之衝，而蔽山東之諸侯，故夫天下之所重者，莫如韓、魏也。
昔者范睢用於秦而收韓，商鞅用於秦而收魏，昭王未得韓、魏之心，而出兵以攻齊之剛壽，而范睢以為憂；然則秦之所忌者可以見矣。秦之用兵於燕、趙，秦之危事也。越韓過魏而攻人之國都，燕、趙拒之於前，而韓、魏乘之於後，此危道也。而秦之攻燕、趙，未嘗有韓、魏之憂，則韓、魏之附秦故也。夫韓、魏，諸侯之障，而使秦人得出入於其間，此豈知天下之勢邪？委區區之韓、魏，以當虎狼之強秦，彼安得不折而入於秦哉？韓、魏折而入於秦，然後秦人得通其兵於東諸侯，而使天下遍受其禍。

夫韓、魏不能獨當秦，而天下之諸侯藉之以蔽其西，故莫如厚韓親魏以擯秦。秦人不敢逾韓、魏以窺齊、楚、燕、趙之國，而齊、楚、燕、趙之國，因得以自安於其間矣。以四無事之國，佐當寇之韓、魏，使韓、魏無東顧之憂，而為天下出身以當秦兵。以二國委秦，而四國休息於內，以陰助其急，若此可以應夫無窮。彼秦者將何為哉？不知出此，而乃貪疆埸尺寸之利，背盟敗約，以自相屠滅，秦兵未出，而天下諸侯已自困矣。至使秦人得伺其隙以取其國，可不悲哉！」

蘇洵一文，以「六國破滅，非兵不利，戰不善，弊在賂秦。賂秦而力虧，破滅之道也。」作為文章立意的基礎，是為起。

接著「或曰：『六國互喪，率賂秦耶？』……固不在戰矣。」是為承。

再接著「思厥先祖父……此言得之。」一段，依然承著主旨繼續論述。

從「齊人未嘗賂秦，終繼五國遷滅」到「戰敗而亡，誠不得已」一段，是為轉。

而「向使三國各愛其地……為國者無使為積威之所劫哉！」一段，也依然是轉。

最終「夫六國與秦皆諸侯，其勢弱於秦，而猶有可以不賂而勝之之勢；苟以天下之大，而從六國破亡之故事，是又在六國下矣！」是為合。前半段，固是結語；後半段，則是其餘波盪漾。

蘇轍一文的起、承、轉、合，似乎就簡單多了。首段「自安之計」與「天下之勢」，乃全文的主旨，是為起。次段點出「天下之所重者，莫如韓、魏也。」是為承。第三段以「昔者」開頭，點明今昔的對照，是為轉。最終以「厚韓親魏以擯秦」與「背盟敗約，以自相屠滅」來做為文章的總結，是為合。

綜上所述，可知蘇洵一文，「起」一段，「承」兩段，「轉」兩段，「合」一段。首尾起合，簡單扼要；中段承轉，則較為豐厚。至於蘇轍一文，起、承、轉、合，則各為一段，分量等齊，無分軒輊。

另外值得一提的，古人在說話行文時，段落的劃分，未必盡如今人般分量等齊。像蘇洵一文，頭尾都相當簡略，起僅用一大句，合也不過兩大句。相較於李斯的《諫逐客書》，起則僅用兩小句「臣聞吏議逐客，竊以為過矣。」兩文的主旨，都同樣地簡捷有力，衹不過李斯一文的結論部分，就稍微詳盡了些。今謹將該文錄述於后，以茲參考。

李斯《諫逐客書》：

「秦宗室大臣皆言秦王曰：『諸侯人來事秦者，祇為其主遊間秦耳，請一切逐客。』李斯議亦在逐中。斯乃上書曰：『臣聞吏議逐客，竊以為過矣。』

『昔穆公求士，西取由余於戎，東得百里奚於宛，迎蹇叔於宋，求丕豹，公孫支於晉。此五子者，不產於秦，而穆公用之，并國二十，遂霸西戎。孝公用商鞅之法，移風易俗，民以殷盛，國以富彊，百姓樂用，諸侯親服。獲楚，魏之師，舉地千里，至今治強。惠王用張儀之計，拔三川之地，西并巴蜀，北收上郡，南取漢中。包九夷，制鄢郢，東據成皋之險，割膏腴之壤，遂散六國之從，使之西面事秦，功施到今。昭王得范雎，廢穰侯，逐華陽，強公室，杜私門，蠶食諸侯，使秦成帝業。此四君者，皆以客之功。由此觀　之，客何負於秦哉！向四君卻客而不內，疏士而不用，是使國無富利之實，而秦無強大之名也。』

『今陛下致崑山之玉，有隋和之寶，垂明月之珠，服太阿之劍，乘纖離之馬，建翠鳳之旗，樹靈鼉之鼓：此數寶者，秦不生一焉，而陛下說之，何也？必秦國之所生然後可，則是夜光之璧，不飾朝廷；犀象之器，不為玩好；鄭衛之女，不充後宮；駿馬駃騠，不實外廄；江南金錫不為用；西蜀丹青不為采。所以飾後宮、充下陳、娛心意、說耳目者，必出於秦然後可，則是宛珠之簪、傅璣之珥、阿縞之衣、錦繡之飾，不進於前；而隨俗雅化，佳冶窈窕，趙女不立於側也。夫擊甕叩缶，彈箏搏髀，而歌呼嗚嗚快耳者，真秦之聲也；鄭衛桑間，韶虞武象者，異國之樂也。今棄擊甕而就鄭衛，退彈箏而取韶虞，若是者何也？快意當前，適觀而已矣。今取人則不然，不問可否，不論曲直，非秦者去，為客者逐，然則是所重者在乎色樂珠玉，而所輕者在乎人民也。此非所以跨海內、制諸侯之術也。』

『臣聞地廣者粟多，國大者人眾，兵強者士勇。是以泰山不讓土壤，故能成其大；河海不擇細流，故能就其深；王者不卻眾庶，故能明其德。是以地無四方，民無異國，四時充美，鬼神降福。此五帝、三王之所以無敵也。今乃棄黔首以資敵國，卻賓客以業諸侯，使天下之士退而不敢西向，裹足不入秦，此所謂「藉寇兵而齎盜糧」者也。』

『夫物不產於秦，可寶者多；士不產於秦，而願忠者眾。今逐客以資敵國，損民以益讎，內自虛而外樹怨於諸侯，求國無危，不可得也。』

秦王乃除逐客之令，復李斯官。」

五、「起、承、轉、合」在先秦典籍中的運用情形

先秦經典與子書中的運用實例：

不僅唐宋古文，重視起、承、轉、合的安排，先秦經典與

子書，也不乏明顯的例證。今試以《禮記．大學》與《墨子．兼愛》為例，略論其起、承、轉、合的線索脈絡。

《禮記．大學》：

「大學之道，在明明德，在親民，在止於至善。
知止而後有定，定而後能靜，靜而後能安，安而後能慮，慮而後能得。物有本末，事有終始，知所先後，則近道矣。
古之欲明明德於天下者，先治其國；欲治其國者，先齊其家；欲齊其家者，先修其身；欲修其身者，先正其心；欲正其心者，先誠其意；欲誠其意者，先致其知，致知在格物。物格而後知至，知至而後意誠，意誠而後心正，心正而後身修，身修而後家齊，家齊而後國治，國治而後天下平。
自天子以至於庶人，壹是皆以修身為本。其本亂而末治者否矣，其所厚者薄，而其所薄者厚，未之有也！」

《墨子．兼愛》：

「聖人以治天下為事者也，必知亂之所自起，焉能治之；不知亂之所自起，則不能治。譬之如醫之攻人之疾者然：必知疾之所自起，焉能攻之；不知疾之所自起，則弗能攻。治亂者何獨不然？必知亂之所自起，焉能治之；不知亂之所自起，則弗能治。聖人以治天下為事者也，不可不察亂之所自起。

當察亂何自起？起不相愛。臣子之不孝君父，所謂亂也。子自愛，不愛父，故虧父而自利；弟自愛，不愛兄，故虧兄而自利；臣自愛，不愛君，故虧君而自利，此所謂亂也。雖父之不慈子，兄之不慈弟，君之不慈臣，此亦天下之所謂亂也。父自愛也，不愛子，故虧子而自利；兄自愛也，不愛弟，故虧弟而自利；君自愛也，不愛臣，故虧臣而自利。是何也？皆起不相愛。

雖至天下之為盜賊者亦然：盜愛其室，不愛其異室，故竊異室以利其室。賊愛其身，不愛人身，故賊人身以利其身。此何也？皆起不相愛。雖至大夫之相亂家，諸侯之相攻國者亦然：大夫各愛其家，不愛異家，故亂異家以利其家。諸侯各愛其國，不愛異國，故攻異國以利其國。天下之亂物，具此而已矣。察此何自起？皆起不相愛。

若使天下兼相愛，愛人若愛其身，猶有不孝者乎？視父兄與君若其身，惡施不孝？猶有不慈者乎？視弟子與臣若其身，惡施不慈？故不孝不慈亡有。猶有盜賊乎？視人之室若其室，誰竊？視人身若其身，誰賊？故盜賊亡有。猶有大夫之相亂家，諸侯之相攻國者乎？視人家若其家，誰亂？視人國若其國，誰攻？故大夫之相亂家，諸侯之相攻國者亡有。若使天下兼相愛，國與國不相攻，家與家不相亂，盜賊無有，君臣父子皆能孝慈，若此，則天下治。

> 故聖人以治天下為事者，惡得不禁惡而勸愛。故天下兼相愛則治，交相惡則亂。故子墨子曰：『不可以不勸愛人』者，此也。」

「大學之道，在明明德，在親民，在止於至善。」點出了「大學之道」的三綱領，是為起。

「知止而後有定……則近道矣。」從「知止」開始，以點出「定、靜、安、慮、得」五個功夫層次，是為承。

「古之欲明明德於天下者……國治而後天下平。」則藉反復式的層遞法，點出古聖先賢的作為、方法與順序，是為轉。

最終以「自天子以至於庶人……未之有也！」作結，是為合。

墨子一文，首段點出「聖人以治天下為事者也，不可不察亂之所自起。」乃全文的主旨所在，是為起。

第二段「當察亂何自起？起不相愛……」則是承接主旨來論述。

第三段「雖至天下之為盜賊者亦然：……」也依然是承著「起不相愛」的主旨來論述。

第四段「若使天下兼相愛，……」立意明顯與前段相反，是為轉。

第五段點明「兼相愛則治，交相惡則亂。」是為合。

綜觀上述兩文，或四段，或五段，起、承、轉、合的線索脈絡，均至為清楚。而其立意簡潔扼要，論述條理分明，歸結其文所以能深具說服力，總在結構謹嚴而已。

非僅文章如此，連語錄體的論語與老子，其起、承、轉、合的安排，也同樣清晰可見。今各舉二例，以明其用：

《論語．八佾篇》：

「子夏問曰：『「巧笑倩兮，美目盼兮，素以為絢兮」何謂也？』
子曰：『繪事後素。』
曰：『禮後乎？』
子曰：『起予者商也，始可與言詩已矣。』」

子夏之問，是為起。孔子回答，是為承。子夏再問，是為轉。孔子作結，是為合。

《論語．述而篇》：

「冉有曰：『夫子為衛君乎？』
子貢曰：『諾，吾將問之。』
入，曰：『伯夷、叔齊，何人也？』
曰：『古之賢人也。』
曰：『怨乎？』
曰：『求仁而得仁，又何怨？』
出，曰：『夫子不為也』」

冉有之問，是為起。子貢回答，是為承。子貢問夫子以及夫子回答，是為轉一；子貢再問以及孔子再答，是為轉二。子貢終答冉有，是為合。

《老子》第7章：

>「天長地久。天地所以能長且久者，以其不自生，故能長生。是以聖人後其身而身先，外其身而身存。非以其無私邪？故能成其私。」

首句點出「天長地久」，是為起。接下來三句，說明天長地久的理由，是為承。再來兩句，描寫重心由「天地」轉至「聖人」，是為轉。最終兩句，總結「天地不自生」、「聖人不自私」，用意相契，是為合。

《老子》第8章：

>「上善若水。水善利萬物而不爭，處眾人之所惡，故幾於道。居善地，心善淵，與善仁，言善信，正善治，事善能，動善時。夫唯不爭，故無尤。」

首句點出「上善之人，如水之性」，是為起。二、三、四句，續言體道之聖人，其德如水，乃統言水之「用」、「德」、「性」，是為承。第五句至第十一句，則分述水的各項表現，是為轉。末尾兩句，總結前項種種論述，是為合。

六、結論

綜上所述，古人在從事文學創作時，結構上往往力求緊實，而承轉之間，儘管變化萬千，而常以「有跡可尋」為原則，斷無突兀遲滯之理，此所以古文總是深具感動力以及說服力的主要原因。再加上古人在下筆之初，便起得有力，乾淨俐落，而結論也是全面籠罩，發人深省。難怪古人的文章，一直都是那樣地耐人咀嚼、耐人尋味。這一切均導因於古人特別重視「起承轉合」的安排。

有鑑於此，現代人在行文之初，豈能不先規劃好「起承轉合」的安排？而且還務必力求緊扣題旨、前後呼應。萬萬不能段落零亂、辭意支離，導致「七寶樓臺，拆碎不成片段」。能充分了解上述這些道理，相信所有的年輕人，將不再那樣地害怕作文了！

•第五章•

映襯法的運用

修辭學上所謂的「映襯法」，其實就是一種對照的手法、對比的技巧，例如「正反對照」、「黑白對比」，在反面意思的映照與襯托下，正面的立論基礎，似乎就更加鞏固多了；而黑白對比，在兩種極端色差的對列與比併下，往往會使「黑的更黑，白的更白」，這就是映襯法的最大功效。

由於映襯的功效極大，故此一修辭技巧，起源甚早，且遠在詩經時代，它就已經被運用得相當純熟。《詩・小雅・采薇》：

> 「昔我往矣，楊柳依依。今我來思，雨雪霏霏。」

在時間上，是今昔的對照；在動作上，是一來一往。而所呈現的景色畫面，則是一個春景，一個冬景。於是，作者所欲傳達的情感變化，便盡在這兩個具體的情境對照中，顯露無餘。

在西方的《伊索寓言》裏，映襯法也是極其普遍的技巧，例如：

> 「牝狐笑母獅，一次只生一隻。『只一隻，却是隻獅子！』母獅回答說。」

故事中的畫面，不過是兩個主人翁的對話，既沒有時空背景的交待，也沒有情節發展的安排。只一個「牝狐」，一個「母獅」。「牝狐」是卑賤的象徵；「母獅」是尊貴的象徵。而作者所欲傳達的理念，便在矛盾衝突對立的安排下，盡顯無餘。「言簡意賅」、「意味深長」，正是寓言故事的最佳寫照。藉著「小故事」來說「大道理」，其功效並不亞於「以古鑑今」的借史論理，這便是映襯技巧所發揮出來的強烈作用。

在修辭學上，映襯又可分為「反襯」、「對襯」與「雙襯」。例如：

> 「花落春猶在」、「鳥鳴山更幽」——反襯
> 「朱門酒肉臭，路有凍死骨。」——對襯
> 「美其名叫『大器晚成』，其實是『晚不成器』。」——雙襯

這樣的分類，純粹是為了幫助大家做細部的分析罷了；其實，不特別去劃分，也沒有什麼關係。以下就是幾個映襯之例：

1.李益《江南曲》：

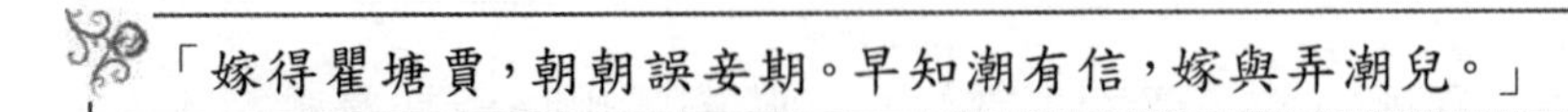
「嫁得瞿塘賈，朝朝誤妾期。早知潮有信，嫁與弄潮兒。」

2.陳陶《隴西行》：

> 「誓掃匈奴不顧身，五千貂錦喪胡塵。可憐無定河邊骨，猶是春閨夢裡人。」

3.李白《越中懷古》：

「越王勾踐破吳歸，戰士還家盡錦衣。宮女如花滿春殿，祇今惟有鷓鴣飛。」

4.岑參《山房舊事》：

「梁園日暮亂飛鴉，極目蕭條三兩家。庭樹不知人去盡，春來還發舊時花。」

5.楊慎《臨江仙》：

「滾滾長江東逝水，浪花淘盡英雄。是非成敗轉頭空。
青山依舊在，幾度夕陽紅。
白髮漁樵江渚上，慣看秋月春風。一壺濁酒喜相逢。
古今多少事，都付笑談中。」

第一例是最淺顯的映襯，由「瞿塘賈」與「弄潮兒」對列而成。

第二例是較隱晦的映襯，首兩句似乎是在頌揚戰士的英勇，末兩句卻完全透露出作者「反戰、厭戰」的思想，於是，反差的力量就此形成。

第三例則是前三句為一組，末一句單獨成立。前段是「繁華熱鬧」的景象，末段則是「荒涼冷落」的景象。最後一句，最有力量，因為一句抵三句。前頭越熱鬧，後頭就越冷落，完完全全是「烘托」的效果。

第四例與第三例，在技巧上完全相同，只不過「冷」、「熱」對調而已。第三例「前熱後冷」，第四例「前冷後熱」，效果其實並無不同。

第五例，上、下片各有一種人物類型，兩相對照，即世人推崇無比的「英雄」以及平庸不過的「漁樵」。上片又單獨有變動的「浪花」、「英雄」和不變的「青山」、「夕陽」，相互對列。於是，才會有作者「是非成敗轉頭空」的深沉感慨。下片則是將「英雄事蹟」，最終也只能淪為「漁樵」的「談笑之資」，來製造出所謂的反差效果，而這也正是映襯法無出其右的特殊表現。

•第六章•

層遞法的運用

在修辭學上，層遞法可分成單式層遞與複式層遞兩大類。單式層遞又分成前進式、後退式、比較式；複式層遞則分成反復式、並立式、雙遞式。根據黃慶萱《修辭學》舉例如下：

1.前進式——

《禮記・中庸》：

「天命之謂性，率性之謂道，修道之謂教。」

2.後退式——

宋玉《登徒子好色賦》：

「天下之佳人，莫若楚國；楚國之麗者，莫若臣里；臣里之美者，莫若臣東家之子。」

3.比較式——

《孟子・公孫丑》：

「天時不如地利，地利不如人和。」

4.反復式——

《禮記．大學》：

「古之欲明明德於天下者，先治其國。欲治其國者，先齊其家。欲齊其家者，先修其身。欲修其身者，先正其心。欲正其心者，先誠其意。欲誠其意者，先致其知。致知在格物。物格而後知至，知至而後意誠，意誠而後心正，心正而後身修，身修而後家齊，家齊而後國治，國治而後天下平。」

5.並立式——

《管子．治國》：

「民富則安鄉重家，安鄉重家則敬上畏罪，敬上畏罪則易治也；民貧則危鄉輕家，危鄉輕家則敢陵上犯禁，陵上犯禁則難治也。」

6.雙遞式——

蘇軾《祭歐陽文忠公文》：

「昔其未用也，天下以為病；而其既用也，則又以為遲；及其釋位而去也，莫不冀其復用；至其請老而歸也，莫不惆悵失望。」

其實，只要在情意的傳遞上，有層次、有條理，能見出「由小而大」、「由近而遠」、「由低而高」、「由輕而重」等等比例變化，均可視之為「層遞」，未必定要劃分得如此詳細。而不論是敘事、寫景或者是抒情、說理，層遞的運用，都可以盡情地揮灑，今試舉數例如下：

（一）事的層遞——

某人吹牛文章天下第一，其詩云：

> 「天下文章在三江，三江文章屬敝鄉；敝鄉文章家兄好，家兄請我改文章。」

（二）景的層遞——

歐陽脩《醉翁亭記》：

> 「環滁皆山也。其西南諸峯，林壑尤美，望之蔚然而深秀者，琅琊也。山行六七里，漸聞水聲潺潺而瀉出於兩峯之間者，釀泉也。峯迴路轉，有亭翼然臨於泉上者，醉翁亭也。」

（三）情的層遞——

袁枚《祭妹文》：

> 「嗚呼痛哉，早知訣汝，則予豈肯遠遊？即遊，亦尚有幾許心中言，要汝聞知，共汝籌畫也。而今已矣，除吾

死外，當無見期。吾又不知何日死？可以見汝。死後之有知、無知？與得見不得見？又卒難明也。然則抱此無涯之憾，天乎？人乎？而竟已乎？」

（四）理的層遞──

《禮記．大學》：

「大學之道，在明明德，在親民，在止於至善。知止而後有定，定而後能靜，靜而後能安，安而後能慮，慮而後能得。物有本末，事有終始，知所先後，則近道矣。」

總之，層遞法的最大好處，就是能使讀者注意力集中，不致分散，而讓作者所欲傳達的情意或理念，能極有條理、極有層次地環環相扣，增強了作品的流暢度和說服力。所以，這項修辭技巧，也流傳了不下兩千年。

•第七章•

詞體的構成要件

「詞」這種文體，先天就是個非常精緻的小玩意兒。它的起源，當然與「詩」有著極為密切的關係，所以，「詞」又稱之為「詩餘」，它是詩的餘波蕩漾。如果，「詞」一直都這樣被「詩」籠罩著，那麼，它在文學史上的價值，也就沒有什麼值得稱道的地方了。

詞體的發展，最終能完全擺脫詩體的籠罩，由附庸蔚為大國，卓然自立，正在於它擁有許多詩體所沒有的特質，而這些特質，便是所謂的「詞體的構成要件」。

約略言之，詞體的構成要件，大致上可以從四個不同的面向來了解：

一、從句型方面來了解（有關齊言與長短句的問題）

一般人總以為詩與詞的最大分別，在詩是「齊言」，而詞是「長短句」。事實上，詩未必是齊言，詞也未必都是長短其句，例如：

1.劉禹錫《竹枝》：

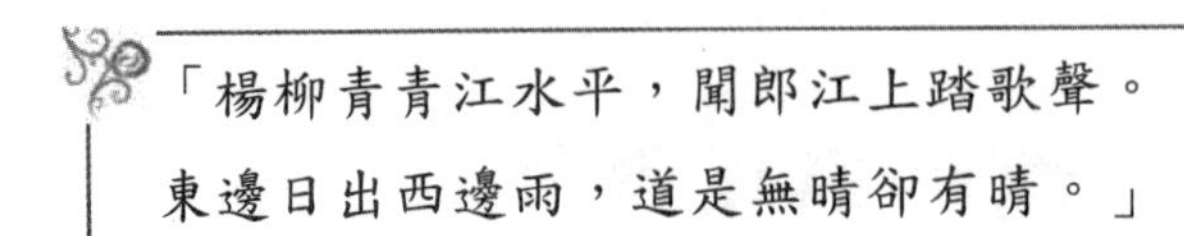

「楊柳青青江水平，聞郎江上踏歌聲。
東邊日出西邊雨，道是無晴卻有晴。」

2.劉禹錫《楊柳枝》：

「巫峽蒼蒼煙雨時，清猿啼在最高枝。
個裏愁人腸自斷，由來不是此聲悲。」

3.皇甫松《採蓮子》：

「舡動湖光灩灩秋，貪看年少信舡流。
無端隔水拋蓮子，遙被人知半日羞。」

4.薛昭蘊《浣溪紗》：

「傾國傾城恨有餘。幾多紅淚泣姑蘇。倚風凝睇雪肌膚。
吳主山河空落日，越王宮殿半平蕪。藕花菱蔓滿重湖。」

5.李煜《玉樓春》：

「晚妝初了明肌雪。春殿嬪娥魚貫列。
鳳簫吹斷水雲間，重按霓裳歌遍徹。

臨風誰更飄香屑。醉拍闌干情味切。
歸時休放燭花紅，待踏馬蹄清夜月。」

雖都是齊言，卻都是「詞」，而並非是「詩」。

又如：

1.陳子昂《登幽州臺歌》：

「前不見古人，後不見來者。
念天地之悠悠，獨愴然而涕下。」

2.李白《將進酒》：

「君不見黃河之水天上來，奔流到海不復回。
君不見高堂明鏡悲白髮，朝如青絲暮成雪。
人生得意須盡歡，莫使金樽空對月。
天生我材必有用，千金散盡還復來。
烹羊宰牛且爲樂，會須一飲三百杯。
岑夫子，丹丘生，將進酒，杯莫停。
與君歌一曲，請君爲我傾耳聽。
鐘鼓饌玉不足貴，但願長醉不復醒。
古來聖賢皆寂寞，惟有飲者留其名。
陳王昔時宴平樂，斗酒十千恣歡謔。
主人何爲言少錢，徑須沽取對君酌。
五花馬，千金裘，呼兒將出換美酒，與爾同銷萬古愁。」

3.李白《蜀道難》：

「噫吁嚱危乎高哉！蜀道之難難於上青天！
蠶叢及魚鳧，開國何茫然！

爾來四萬八千歲，乃與秦塞通人煙。
西當太白有鳥道，可以橫絕峨眉巔。
地崩山摧壯士死，然後天梯石棧方鉤連。
上有六龍回日之高標，下有衝波逆折之迴川。
黃鶴之飛尚不得過，猿猱欲度愁攀援。
青泥何盤盤，百步九折縈巖巒。
捫參歷井仰脅息，以手撫膺坐長嘆。
問君西遊何時還？畏途巉巖不可攀。
但見悲鳥號古木，雄飛雌從繞林間。
又聞子規啼夜月，愁空山。
蜀道之難難於上青天，使人聽此凋朱顏！
連峯去天不盈尺，枯松倒掛倚絕壁。
飛湍瀑流爭喧豗，砯崖轉石萬壑雷。
其險也如此，嗟爾遠道之人，胡爲乎來哉？
劍閣崢嶸而崔嵬，一夫當關，萬夫莫開。
所守或匪親，化爲狼與豺。
朝避猛虎，夕避長蛇；磨牙吮血，殺人如麻。
錦城雖云樂，不如早還家。
蜀道之難難於上青天，側身西望長咨嗟！」

雖是長短其句，卻都是「詩」，而並非是「詞」。

只不過，詞體發展到後來，確實是「長短句」的型態為多，而逐漸與詩體的主流「齊言」型態，漸行漸遠。

二、從句式方面來了解（有關單式句與雙式句的問題）

詩體的發展，以五、七言詩為主流，而五言詩的句式通常是「上 2 下 3」，七言詩則是「上 4 下 3」。基本上，五、七言詩都有個「下 3 字」，而這樣的句子形式，叫做「單式句」，在誦讀的時候，節奏上是傾向於快的。例如——

1.李白《靜夜思》：

> 「床前明月光，疑是地上霜。
> 舉頭望明月，低頭思故鄉。」

2.張繼《楓橋夜泊》：

> 「月落烏啼霜滿天，江楓漁火對愁眠。
> 姑蘇城外寒山寺，夜半鐘聲到客船。」

至於詞體則不然，五言的句子，未必讀成「上 2 下 3」，有時也會讀成「上 1 下 4」；七言的句子，未必讀成「上 4 下 3」，有時也會讀成「上 3 下 4」。而這樣的句子形式，稱之為「雙式句」，在誦讀的時候，節奏上則傾向是慢的。例如：

1.柳永《雨霖鈴》：

> 「寒蟬淒切，對長亭晚，驟雨初歇。都門帳飲無緒，方留戀處，蘭舟催發。執手相看淚眼，竟無語凝噎。念去去千里煙波，暮靄沉沉楚天闊。

多情自古傷離別，更那堪冷落清秋節。今宵酒醒何處？楊柳岸曉風殘月。此去經年，應是良辰好景虛設。便縱有千種風情，更與何人說？」

句式有單有雙，節奏上有快慢交錯的變化，與詩體的快節奏，是全然不同的。

2.蘇軾《水調歌頭》：

「明月幾時有？把酒問青天。不知天上宮闕，今夕是何年。我欲乘風歸去，惟恐瓊樓玉宇，高處不勝寒。起舞弄清影，何似在人間？
轉朱閣，低綺戶，照無眠。不應有恨，何事長向別時圓？人有悲歡離合，月有陰晴圓缺，此事古難全。但願人長久，千里共嬋娟。」

3.辛棄疾《歸朝歡》：

「山下千林花太俗。山上一枝看不足。春風正在此花邊，菖蒲自蘸清溪綠。與花同草木。問誰風雨飄零速？莫悲歌，夜深巖下，驚動白雲宿。
病怯殘年頻自卜。老愛遺編難細讀。苦無妙手畫於菟，人間雕刻真成鵠。夢中人似玉。覺來更憶腰如束。許多愁，問君有酒，何不日絲竹？」

蘇、辛這兩闋詞，在句式上，很明顯是「單多雙少」，所以調性較為「輕快」，較為「健捷激裊」

4.吳文英《高陽臺》：

「修竹凝妝，垂楊駐馬，憑闌淺畫成圖。山色誰題？樓前有雁斜書。東風緊送斜陽下，弄舊寒、晚酒醒餘。自銷凝，能幾花前，頓老相如。
傷春不在高樓上，在燈前攲枕，雨外薰爐。怕艤遊船，臨流可奈清臞。飛紅若到西湖底，攪翠瀾、總是愁魚。莫重來，吹盡香緜，淚滿平蕪。」

5.姜夔《揚州慢》：

「淮左名都，竹西佳處，解鞍少駐初程。過春風十里。盡薺麥青青。自胡馬窺江去後，廢池喬木，猶厭言兵。漸黃昏，清角吹寒，都在空城。
杜郎俊賞，算而今、重到須驚。縱豆蔻詞工，青樓夢好，難賦深情。二十四橋仍在，波心蕩、冷月無聲。念橋邊紅藥，年年知爲誰生。」

吳、姜這兩闋詞，則是「雙多單少」，是以調性較為「緩慢」，較為「舒緩和暢」。

詞體發展到最終，慢詞興起之後，詞幾乎以「雙式句」為大宗，在音樂性上，詞遂完全擺脫詩的籠罩，而走向全新的境界型態。所以，我們可以說，詩與詞的最大分別，並不在「齊言與長短句」的問題，而是在「句式單雙」的問題。

三、從句調方面來了解（有關平仄與四聲的問題）

一般而言，作詩只要調「平仄」，就可以了，不必嚴分「四聲」，例如：

1.王維《送別》：

「山中相送罷，日暮掩柴扉。春草明年綠，王孫歸不歸。」

2.王之渙《登鸛鵲樓》：

「白日依山盡，黃河入海流。欲窮千里目，更上一層樓。」

3.賈島《渡桑乾》：

「客舍并州已十霜，歸心日夜憶咸陽。
無端更渡桑乾水，卻望并州是故鄉。」

4.柳中庸《征人怨》：

「歲歲金河復玉關，朝朝馬策與刀環。
三春白雪歸青塚，萬里黃河繞黑山。」

5.杜甫《旅夜書懷》：

「細草微風岸，危檣獨夜舟。星垂平野闊，月湧大江流。名豈文章著，官應老病休。飄飄何所似，天地一沙鷗。」

6.李商隱《無題》：

「相見時難別亦難，東風無力百花殘。春蠶到死絲方盡，蠟炬成灰淚始乾。曉鏡但愁雲鬢改，夜吟應覺月光寒。蓬萊此去無多路，青鳥殷勤為探看。」

換言之，作詩「調平仄」是規矩，「講四聲」是技巧。規矩，一定要遵守；技巧，則可有可無。有，固然很好；沒有，也沒有關係。

填詞則不然，「講四聲」根本就是規矩，其音律之最嚴者，如姜夔《暗香》的末句：「幾時見得」以及吳文英《暗香》的末句：「兩隄翠匝」，均必用「上平去入」。蓋不如此，則不合律矣！

大抵上，詩韻只要分平、仄韻即可；詞韻則平聲獨用，上、去通押，入聲又獨用。更有甚者，《秋宵吟》與《清商怨》宜單押上聲；《翠樓吟》與《菊花新》宜單押去聲。

也正因為詞韻「入聲獨用」，所以，押入聲韻的詞調特別得多，而展現出一種「幽怨凝重，沉鬱悲慨」的特殊情調。例如：

1.柳永《雨霖鈴》:

「寒蟬淒切，對長亭晚，驟雨初歇。都門帳飲無緒，方留戀處，蘭舟催發。執手相看淚眼，竟無語凝噎。念去去千里煙波，暮靄沉沉楚天闊。

多情自古傷離別，更那堪冷落清秋節。今宵酒醒何處？楊柳岸曉風殘月。此去經年，應是良辰好景虛設。便縱有千種風情，更與何人說？」

2.王安石《桂枝香》:

「登臨送目，正故國晚秋，天氣初肅。千里澄江似練，翠峯如簇。征帆去棹殘陽裏，背西風酒旗斜矗。彩舟雲淡，星河鷺起，畫圖難足。

念往昔繁華競逐，嘆門外樓頭，悲恨相續。千古憑高對此，謾嗟榮辱。六朝舊事隨流水，但寒煙芳草凝綠。至今商女，時時猶唱，後庭遺曲。」

3.蘇軾《念奴嬌》:

「大江東去，浪淘盡千古風流人物。故壘西邊，人道是三國周郎赤壁。亂石崩雲，驚濤裂岸，捲起千堆雪。江山如畫，一時多少豪傑。

遙想公瑾當年，小喬初嫁了，雄姿英發。羽扇綸巾，談笑間，檣櫓灰飛煙滅。故國神遊，多情應笑我，早生華髮。人間如夢，一尊還酹江月。」

4.李清照《聲聲慢》：

「尋尋覓覓，冷冷清清，淒淒慘慘戚戚。乍暖還寒時候，最難將息。三盃兩盞淡酒，怎敵他晚來風急！雁過也，正傷心卻是舊時相識。
滿地黃花堆積。憔悴損，如今有誰堪摘？守著窗兒，獨自怎生得黑。梧桐更兼細雨，到黃昏點點滴滴。這次第，怎一個愁字了得！」

5.周邦彥《蘭陵王》：

「柳陰直，煙裡絲絲弄碧。
隋堤上，曾見幾番，拂水飄綿送行色。
登臨望故國，誰識？京華倦客。
長亭路，年去歲來，應折柔條過千尺。

閒尋舊蹤跡，又酒趁哀絃，燈照離席。
梨花榆火催寒食。愁一箭風快，半篙波暖。
回頭迢遞便數驛，望人在天北。

悽惻，恨堆積。
漸別浦縈回，津堠岑寂，斜陽冉冉春無極。
念月榭攜手，露橋聞笛。
沉思前事，似夢裡，淚暗滴。」

四、從句法方面來了解（有關表現與風格的問題）

由於詩的音樂性，傾向於快節奏；詞的音樂性，傾向於慢節奏。造成詩與詞，在表現手法以及風格情調上，遂有了顯著的不同。在表現方面，詩直而詞婉，詩顯而詞隱；在風格方面，詩莊而詞媚，詩典重而詞空靈。我們試比較下列四組句子，便可以清楚看出詩與詞的分別。

1.「芭蕉葉大梔子肥」（韓愈《山石》）

「柳絲裊娜春無力」（溫庭筠《菩薩蠻》）

2.「無邊落木蕭蕭下，不盡長江滾滾來。」（杜甫《登高》）

「碧雲天，黃葉地，秋色連波，波上寒煙翠。」（范仲淹《蘇幕遮》）

3.「夜闌更秉燭，相對如夢寐。」（杜甫《羌村》）

「今宵賸把銀釭照，猶恐相逢是夢中。」（晏幾道《鷓鴣天》）

4.「壯志飢餐胡虜肉，笑談渴飲匈奴血。」（岳飛《滿江紅》）

案：此兩句，入詩都嫌粗，何況入詞！

「三十功名塵與土，八千里路雲和月。」（岳飛《滿江紅》）

案：這兩句，就比較合拍了！

綜上所述，我們可以明白，詩體與詞體的不同，從來就不在句子的長短，或者是配樂不配樂的問題；根本上，它們先天的音樂性就是不同的，一個快，一個慢。也正因為如此，它們的表現手法才會那樣不同，而其風格情調遂明顯大異其趣。

•第八章•

新式標點符號在古籍研讀上的關鍵作用

古人在閱讀書籍或寫作文章時，並沒有所謂的「標點符號」，頂多只有一些簡單的句讀（逗）或圈點而已，因此，文中的詞句該怎麼斷開？句中的字到底屬上？還是屬下？便產生了許許多多複雜的問題，例如老子《道德經》第 6 章云：

> 「谷神不死，是謂玄牝。玄牝之門，是謂天地根。綿綿若存，用之不勤。」

一般人初次看到「谷神不死」，總會聯想到「谷神不死，那麼，什麼神會死？」似乎將谷神視為「人格神」，是眾神之一。這當然是明顯的錯解，因為道家理智的自然主義不可能承認實體之鬼神，而且接下來的「玄牝」、「天地根」，也就完全無法講得通了。實則，「谷神不死」這四個字，當斷成「谷、神、不死」。「谷」喻道之虛無深微，「神」喻道之變化莫測，「不死」喻道之永恆無窮，完全是在形容道體的特性。「玄」是陽，「牝」是陰，「玄牝」即陰陽二氣的盈虛消長，偏就道體的呈顯而言，指的還是「道」。而陰陽二氣交互感應，以化生天地萬物，故曰「玄牝之門，是謂天地根」。「緜緜」是微而不絕，「若存」是存而不可見。故「緜緜若存」乃喻道體之深微，而「用之不勤」則指道用之無窮。

第 48 章：

「為學，日益；為道，日損。」

這八個字，也是同樣的情形。若斷成「為學日益，為道日損」，兩句的關係是「因果關係」，意指「學」與「道」性質相反，「經驗知識」若增益了，對「道的體悟」反而是有損傷的。若單獨來看，此八個字這樣來理解，似乎並無不妥，只是，往下講到「**損之又損，以至於無為。無為而無不為。**」就有些講不通了。實則，這八個字當斷成「為學，日益；為道，日損。」兩句的關係是「並列關係」，意指「為學當用日益的方式，而為道當用日損的方式。」「學」與「道」，性質不同，對治的方法，當然也就不一樣。

第 1 章：

「無名，天地之始；有名，萬物之母。」

「無名」，指的是「道」，「有名」指的是「天地」。換言之，這兩句意指「道生天地，天地生萬物」，乃老子關於「存在」的基本看法。

然宋以後的學者，則喜歡斷成「無，名天地之始；有，名萬物之母。」「無」、「有」兩字，單獨提示出來，而以對列的形式來表達，非常符合現代人的理解形態，因此，贊同新式斷法的人特別多。惟傳統的解釋，若沒有太大的問題時，個人基本上是選擇尊重的；除非它確有疑慮，我們纔會選擇新的說法。

又第 1 章：

> 「此兩者，同出而異名。同，謂之玄。玄之又玄，眾妙之門。」

「同，謂之玄。」意指明明是「異名」的兩樣東西，卻「同出」於道，所以稱之為「玄妙」而不可測。若斷成「同謂之玄」，意指「陰、陽」「有、無」，同樣都是「微妙玄通，深不可識」，似乎就稍嫌費解了一些。

第 71 章：

> 「知不知，上；不知知，病。」

「知不知」言能「知其所不知」，乃上等之智；「不知知」則強「不知」以為「知」，乃真「無知」之病。意思還算可以疏通清楚。若斷成「知不知上，不知知病。」文義非但模糊不清，解釋起來也費力多了。

《老子》如此，《論語》也是一般。

《論語．里仁篇》第 5 章記載：

「子曰：『富與貴，是人之所欲也，不以其道得之，不處也；貧與賤，是人之所惡也，不以其道得之，不去也。君子去仁，惡乎成名？君子無終食之間違仁，造次必於是，顛沛必於是。』」

歷來注家大多持如是斷句之法，惟畢沅以為「得之」當連下讀，可惜其說法並未廣為學者所接受，亦未見有加以申論發明者。今試為分析如下：

臺灣三民書局出版的《新譯四書讀本》語譯該段說：

孔子說：「富貴，是人人所喜愛的，但不應該得到而得到了，君子將不享有它。貧賤，是人人所討厭的，但不應該得到而得到了，君子將不拋棄它。君子如果離開了仁道，又怎能稱得上君子呢？君子沒有一頓飯的時刻離開仁，倉促急遽的時候一定和仁同在。顛仆困頓的時候也一定和仁同在。」

這段語譯粗看似無不妥，然細察之下，卻頗值得商榷。「不當得的富貴，君子不該安享，世人很可以理解；可是不當得的貧賤，君子也必須安然承受，這就令一般人很難理解了。」

「富貴」與「貧賤」，本是一件事的兩端，為什麼君子在面對「貧賤」時，態度卻要做那麼大的扭曲，而與面對「富貴」時的態度迥異，造成世人產生「君子比一般人矯情」的錯覺。

尤其該章註釋還特別引舊注說：「不當得而得之，然於富貴則不處。不當得而得之，然於貧賤則不去。蓋君子行道，當得富貴而反得貧賤，是不以其道得之，於此當安於貧賤，不可違而去之，以妄求富貴。」更給人深深感覺到，君子面對富貴與貧賤時，根本是兩套標準，於情，已難辭「矯情」之咎；於理，亦有不盡妥適之處。

其實，這個疑難並不難解決，祇要把該章的句讀斷成如下即可：

「富與貴，是人之所欲也，不以其道，得之不處也；貧與賤，是人之所惡也，不以其道，得之不去也。」

這樣的斷法，有個好處，「不以其道」不重在形容「得之」，而是重在形容「不處」、「不去」。意指「處富貴，去貧賤，均必以其道」。如此則「安享富貴或拋棄貧賤，都必須符合正道才行」。去與處的標準是一不是二，君子如此，世人又何嘗不然，這樣才是放諸四海而皆準的仁道。更何況孔子也曾說過：「富而可求也，雖執鞭之士，吾亦為之；如不可求，從吾所好。」(《述而篇》) 足見聖人從未反對世人追求富貴，而且包括自己在內。祇要這個富貴是當得的、合宜的，無分賢愚，均可安享。貧賤，令人不堪，想拋棄，那也行，請依循正當的途徑去擺脫它。

去處一致，賢愚一致，一件事，一個標準。於情，合乎人情之正常；於理，不違人性之自然。聖人立教，總不外乎以人性、人情為根源吧！

《論語・顏淵篇》第 19 章：

「君子之德，風；小人之德，草。草，上之風，必偃。」

若斷句成「草上之風，必偃。」

感覺上，似乎偃的是風，而不是草。

沈際飛《草堂詩餘》：

「七情所至，淺嘗者說破，深嘗者說不破，破之淺，不破之深。」

若誤讀成「淺嘗者說，破；深嘗者說，不破。破，之淺；不破，之深。」那恐怕就累人了。

實則，若斷成「淺嘗者，說破；深嘗者，說不破。破之，淺；不破之，深。」文義不就清楚明白多了嗎？

此外，《史記・項羽本記》：

「項籍少時，學書，不成，去；學劍，又不成。項梁怒之。」（案：去，棄也。）

若斷成「項籍少時，學書不成，去學劍又不成。項梁怒之。」

雖說，在文義的理解上，可能不太有滯澀的地方，只不過，你可能會相當困惑，太史公的文筆，也未免太「白話」了吧？

又：「於是項王乃上馬騎，麾下壯士騎從者八百餘人，直夜潰圍南出，馳走。平明，漢軍乃覺之，令騎將灌嬰以五千騎追之。……項王至陰陵，迷失道，問一田父。田父紿曰：『左。』左，乃陷大澤中，以故，漢追及之。」

有人認為「上馬騎」很怪，又「上馬」，又「騎」，大概「騎」是「衍字」吧？這是不明白同義複合詞之作用而產生的誤解，蓋「騎」音「濟」而非「齊」，「騎」就是「馬」，「馬」就是「騎」。

「馳走」二字，宜單獨成句，較有生動的畫面感。若讀成「直夜潰圍南出馳走」，則容易「滑過去」，而少了「停蓄」的滋味。

「項王至陰陵，迷失道，問一田父。」

或有誤讀成「項王至陰陵迷失，道問一田父。」說不上來，總覺得哪裡怪怪的，反正就是有些不通暢。

「田父紿曰：『左。』左，乃陷大澤中，以故，漢追及之。」

總之，「一字句」、「二字句」、「三字句」這些短句子的型態，是太史公神奇筆法中，相當重要的一環。我們在研讀《史記》的時候，是絕對不容輕忽的。

古人雖然完全沒有「新式標點符號」的概念，可是在其從事寫作的時候，總是有「文氣」在的。而「新式標點符號」的作用，就是在幫助我們，把古人文氣中的「抑揚頓挫」，完整地標示出來。

•第九章•

中國文字造字的基本原則

中國文字，到底如何造字的呢？根據東漢許慎《說文解字》的說法，就是「象形、指事、會意、形聲、轉注、假借」等六書。而六書之中，又有所謂的「四體二用」之說。

象形與指事是獨體的文，會意與形聲是合體的字，合起來即為「四體」，也就是四種最基本的造字方法。

轉注與假借，則是指出中國文字的特殊運用方式，而其實此兩者並非是真正的造字方法，所以稱之為「二用」。

象形與指事，最大的分別，在象形是象「具體」之形，而指事則是象「抽象」之形。所以，《說文解字》中說：

「象形者，畫成其物，隨體詰詘，日、月是也。」

乃指象形字，正是把事物外在的具體形狀畫出來，例如：日、月。

「指事者，視而可識，察而見意，上、下是也。」

指事字，則是把抽象的概念標示出來，例如：上、下。

會意與形聲，最大的分別，在會意字不管「聲音」，只顯示「意思」；而形聲字除了顯示「意思」，還兼管「聲音」，所以它有「形文」和「聲文」，就稱之為「形聲字」。

獨體的叫做「文」，合體的叫做「字」。象形與指事是獨體的文，是字的最小單位；會意與形聲是合體的字，是兩個「文」或兩個以上的「文」，所組合而成的「字」。所以，「字」是「文」的組合體，「字」的單位比「文」還要大。

《說文解字》說：

「會意者，比類合誼，以見指撝，武、信是也。」

止、戈為武，人、言為信。「武」字是由「止、戈」兩文組合而成，「信」字是由「人、言」兩文組合而成。「武」與「止」、「戈」，彼此間並無任何聲音上的關係；「信」與「人」、「言」，也同樣沒有任何聲音上的連繫，所以稱之為「會意」字。

「形聲者，以事為名，取譬相成，江、河是也。」

「江」字，由「水」、「工」二文組合而成；「河」字，由「水」、「可」二文組合而成。江、河皆是水類，所以「水」是形文；工、可與江、河，有聲音上的聯結，所以「工」、「可」是「聲文」。「形文」與「聲文」兩相組合起來，就是「形聲字」。

此外，《說文解字》又說：

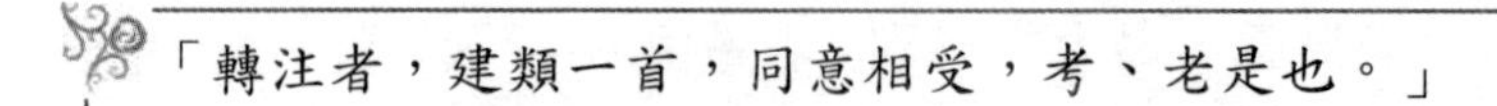
「轉注者，建類一首，同意相受，考、老是也。」

轉注字，乃指中國文字有「一義多字」的現象。最初是指「同部互訓」，如「考」、「老」二字，屬同部首，意思又可相互解釋。其後，「異部互訓」也可包含在其中，甚至「同訓」、「遞訓」、「域訓」，不論「同部」或「異部」，均能歸屬於「轉注」的範疇。

「假借者，本無其字，依聲託事，令、長是也。」

假借字，乃指中國文字有「一字多義」的現象，所以，一個字除了有「本義」之外，通常還有「借義」。於是，文字之義的孳乳現象，便完全在「假借」的運用當中，呈顯無餘。

附錄

附錄

大學文學講記（創作篇）

一、連珠 12 首

1.一笛風月滿樓中　月滿樓中秋意濃　秋意濃雲飛嶺上
雲飛嶺上一笛風（笛本入聲，視作平）

2.影飄香渡水中央　渡水中央回望鄉　回望鄉前塵依舊
前塵依舊影飄香

3.渡江春去意猶存　去意猶存幾度溫　幾度溫風迎舊夢
風迎舊夢渡江春

4.夕陽紅映雪山中　映雪山中寥風落　寥落風雲橫朔漠
雲橫朔漠夕陽紅

5.一聲秋氣滿林丘　氣滿林丘溯水遊　溯水遊山前路盡
山前路盡一聲秋

6.世情難斷夢辛酸　斷夢辛酸醉裏寬　醉裏寬心渾不解
心渾不解世情難

7.九霄天雨灑窗前　雨灑窗前一畝田　一畝田新春意在　新春意在九霄天

8.半生憂患在心頭　患在心頭向晚秋　向晚秋荷香已盡　荷香已盡半生憂

9.有人家遠在天涯　遠在天涯月影斜　月影斜舟迎破曉　舟迎破曉有人家

10.故情長繫夢輕揚　繫夢輕揚萬里江　萬里江山中歲晚　山中歲晚故情長

11.白雲飛雁影依稀　雁影依稀比翼齊　比翼齊高山盡處　高山盡處白雲飛

12.客心驚夢落花輕　夢落花輕轉五更　輕轉五更連夜雨　更連夜雨客心驚

二、歌詞2首

1.一樣惆悵

曾經是蒹葭蒼蒼　婉轉低唱
縱然是身隔兩地　也常心繫一方
怎奈風的輕狂　邂逅了雨的倔強
雖曾努力設防　終究逃不開碰撞
已夠不安的心房　從今又添一道心牆
不是不願退讓　只是爭執永遠一樣

午夜的鐘響　喚不回逝去的過往
殷勤的杜康　解不開糾結的心腸
滿腔的悲涼　無處安放
也曾想軟語商量　怕只怕再次受傷
整天瞎忙　心跳幾乎失了常
這一切都只為了堅持　那一點點可憐的立場

原以為衝破了情網　變改了滄桑
從此可以海闊天空　任我翱翔
日久天長
才知一切都容易忘
難捨的　依然是心底深藏
那一縷惆悵

2.校歌歌詞試作

藍天濶　碧雲翔　翠屏鐸聲響
感慈恩　饋舊鄉　勝地立新堂
理論為帆　技術為槳　穩舵前航

德日進　道益彰　教學能相長
書海中　任徜徉　君子當自強
成仁取義　根本素養　不朽之章

行謙抑　志昂揚　豪情千萬丈
務實學　勤開創　要把令名颺
巍巍吾校　恢弘氣象　永如漢唐

三、對聯 10 則

1.往來古今　靈台洞澈
　俯仰天地　法象莊嚴

2.岫遠庭深　行藏在我
　雲閒影亂　動靜隨它

3.天眼一開　夜空倏爾增色
　童心漸老　斷夢黯然銷魂

4.代序春秋　刻畫人生風雨
　多情山水　蘊藏歷史滄桑

5.鳶飛魚躍　綠草緜延　紅塵中到處生意
　雲淡風輕　蟬聲四起　老樹下應時從容

6.為所當為　終有不期然而然者
　然豈必然　可能無所為而為乎

7.花　總是向陽　姿色　何必同樣
　雨　無非流潤　點滴　盡能化成

8.性情　如植花木　須日有所養
　學問　似疏江河　得時觀其通

9.星月爭輝　縱橫學海三千里
　覺迷共濟　桃李春風二十年

10.莫聽閒言　莫管閒事　工夫盡在心中養
　何處用力　何時用心　學問仍須事上磨

四、雜文4篇

★1.從大師的風采——談學習態度的鬆緊

今年三月，馬友友再度造訪臺灣，掀起了一股大提琴熱。看馬大師即席教琴，相當寫意，肢體語言豐富不說，教到興酣之際，連大提琴都能抱起來當吉他彈，神情逗趣，魅力十足。

舉凡大師級的人物，沒有不鬆的。蓋態度不鬆，則轉動不靈，焉能呈顯出其輕靈超妙的琴藝和境界？技藝如此，讀書做學問，又何嘗不然？凡事吃力，弦繃得緊緊的人，甭說自己壓力大、費勁，連看的人都嫌累，心裡總擔著心——弦不曉得什麼時候會斷？

這個道理，恁誰都懂。可是，大家莫忘了，大師下了多少年的苦工夫？諸位想想，下工夫——那可有多緊？那可有多累？沒點堅強的意志、濃厚的興趣以及傑出的天分，他熬得過來嗎？莫光陶醉於大師眼前的鬆，而忽略了大師曾經的緊，也正因為有了往昔的緊，纔能有如今的鬆。初學者千萬不要把這個道理瞧得太輕鬆！多少人就是因為只見鬆而不見緊，所以打從一開始就一路鬆，結果自然是處處鬆了。試問：鬆垮垮的琴弦，如何彈得成調？

道理向來都有兩個層面的，不能翻上去的人，終難成為第一流的人物。但是，從不肯痛下工夫，努力扎根的人，恐怕連入流都談不上。大學是扎根的階段，你得下點功夫，把基礎打好才行。至於鬆，那是以後的事！當然你的眼界也得開擴些，否則何來努力的動力？又如何喚得起自覺？期望自己做個有深度、有廣度的大學生——在思想和情感上有深度，在胸襟和視野上有廣度。而這些成分，恐怕都得從緊中來。

★2.改變環境，也得改變心境

人類最終極的願望，就是能超越環境的種種限制，甚至包括時間與空間在內。欲超越時間的限制，企求生命傳承得更穩、更長，所以有各種永恆價值的追尋；欲超越空間的限制，企求空間移動得更快、更廣，所以有各種交通工具的發明。因這些欲求而開展出來的項目，無論是屬於科技或人文，它在整個人類文明的發展史上，均占有著極為重要的篇幅。

然而成天亟盼改變環境的人，終其一身，都未見得真能超越環境的限制。惟聖賢豪傑之士，深知「貧富窮通，不盡在我」，故不妄求富貴利達，而能安貧處困，樂道忘倦，反倒時常能擺脫環境的限制。當然，這種擺脫是屬於心境上的，儘管外界環境的限制，一無改變，然而他的內心卻是無拘無礙、逍遙自在的。

人生的重點，並不在你擁有多少改變環境的能力（人力畢竟有時而窮），而在你面對環境的態度是否確具一種超越性。所謂「貧而樂」、「富而好禮」、「樂以忘憂」、「不知老之將至」，以及「君子固窮，小人窮斯濫矣」，這些聖人的親切體驗，直指的都是人類應有的處世態度。

職是之故，終身貧賤而命運多舛，未必是你的錯；安享一世的榮華富貴，也不是罪過。然而「窮斯濫矣」或「為富不仁」，則絕對是一種墮落，因為它欠缺了人類與生俱來的理想性以及超越性。假使你一直有著想突破限制的念頭，且不甘心只在目前環境下，做個庸庸碌碌的人，那麼，你已躋升豪傑之林。此時，若能在心境上多下點工夫修養，更求超越，則聖賢的境界也就不遠了。

★3.論好惡

依照中國人的習慣，「好」、「惡」這兩個字，自來有兩種不同層次的意義。其一是屬於心理層面的，即一般所謂的「喜歡」或「討厭」，較偏向於主觀、感性方面的意義；其二是道德層面的，即論語中所謂的「唯仁者，能好人、能惡人」的「好惡」，則較傾向於客觀、理性方面的意義。

就一般意義而論，每個人對於世間事物的好惡，往往是沒有什麼客觀的道理或是非好說的。比如，有人喜歡喝咖啡，有人喜歡喝茶，有人喜歡喝果汁，有人喜歡喝白開水；有人討厭紅色，有人討厭藍色，有人討厭黑色，有人討厭白色。這當中是沒有什麼價值判斷可言的，絕不能說——喜歡喝咖啡的人比喜歡喝白開水的人水準高，或者討厭紅色的人比討厭白色的人格調低。

當然，這種一般意義的好惡是很普遍的，中國先民也常用，如「上有好者，下必有甚焉者矣」、「好名之人，能讓千乘之國」、「是猶惡醉而強酒」、「如惡惡臭，如好好色」等等。惟在儒家的典籍中，所謂的好惡，往往在一般意義之外，還帶有著價值判斷的色彩，如「吾未見好德如好色者」、「無羞惡之心，非人也」、「我未見好仁者，惡不仁者。好仁者，無以尚之；惡不仁者，其為仁矣，不使不仁者加乎其身」、「不如鄉人之善者好之，其不善者惡之」、「故好而知其惡，惡而知其美者，天下鮮矣」、「民之所好，好之；民之所惡，惡之」、「舜好問而好察邇言」等等，這些好惡，通常都有道德意識與價值判斷的成分在裏面，其中是有理性、客觀的道理好說。換言之，它是有個是非問題在內的。

根據儒家的見解，人是不能沒有「道德意義的好惡」的。因為沒有這種好惡，就等於沒有是非標準，那麼天下豈不大亂？因此，孔子不但強調「好」，如「上好禮，則民莫敢不敬；上好義，則民莫敢不服；上好信，則民莫敢不用情」、「吾未見好德如好色者也」、「敏而好學，不恥下問，是以謂之文也」、「我非生而知之者，好古，敏以求之者也」；同時也強調「惡」，如「惡稱人之惡者，惡居下流而訕上者，惡勇而無禮者，惡果敢而窒者」、「惡似而非者；惡莠，恐其亂苗也；惡佞，恐其亂義也；惡利口，恐其亂信也；惡鄭聲，恐其亂樂也；惡紫，恐其亂朱也；惡鄉愿，恐其亂德也」，其道理正在此。

既然人都應當有個好惡，纔能成其為人，那麼究竟該如何好惡，才算是真正的好惡呢？這當中，又有兩個層次的意義可說。首先，就「實有層」方面來說，人應當好「仁」、好「禮」、好「義」、好「學」、好「道」、好「德」等等，即好「人文價值」中所謂「善」的一面；又須惡「不仁」、惡「非禮」、惡「不義」、惡「不智」、惡「非道」、惡「不德」等「人文價值」中所謂「惡」的一面。合起來說，即是「好善而惡惡」。這種好惡，是分解式的講法，即將人「所當好者」與「所當惡者」，逐條詳列出來，而加以分析辨明。其次，就「作用層」方面來說，則怎樣的好惡，才是最好的好惡呢？即你應當用什麼樣的態度，來面對世間的一切呢？若照《書經．洪範篇》的說法，則「無有作好，無有作惡」，始是好惡的最佳表現方式。「作」是「有意的造作」，一有意，私心成見就很難完全擺脫，就不自然了。好惡時，能把「造作」完全化掉，這樣的好惡，才是最好的好惡。如此，則是非分解式的講法。

程明道《定性書》有言：「天地之常，以其心普萬物而無心；聖人之常，以其情順萬事而無情。」這段話便包含著兩個不同層次的意義。其中「以其心普萬物」與「以其情順萬事」，是實有層的話頭；而「普萬物而無心」與「順萬事而無情」，則是作用層的話頭。王陽明也曾說，「有心俱是幻，無心俱是實」又接著說：「有心俱是實，無心俱是幻。」那麼，有心究竟是實？還是幻呢？其實，這四句話也是分兩個層次立論的。前兩句是作用層次上的，指人一有了造作之心，所發皆非來自良知，便成了虛假，所以，此時的有心，當然是幻；後兩句則是實有層次上的話，心即良知，有心，即肯定良知，良知所到之處，一切才是實在的，否則總成虛幻，此時的有心，當然是實，這也是中庸所謂「誠者，物之終始，不誠無物」的道理。

綜上所論，「好」、「惡」這兩字，看似簡單，實則卻蘊藏著諸多的奧秘。若不明其分際，往往便易流於誤用而不自覺。時下的青年流行說：「只要我喜歡，有什麼不可以？」這句話所欠缺的正是道德價值的判斷，也沒有什麼客觀的是非標準好說，平常拿來閒話逗趣也就罷了，若把它誤用為判斷可否的真理，那麼問題就大了！

讀書之所以難，並不在許多字我們常不認得；倒是認得的字，我們常常弄不清楚它的含意，那才是困難的真正所在。有志向學的人，對於習聞慣見的事，可不能再掉以輕心了！讀書時，心中多存著幾分敬意，好好下點工夫，多體會古人的用心，那麼，上下幾千年的氣，才真正能接續得上。否則窒塞一久，慧命相續的生機，恐怕就此便將泯沒了！

※有關實有層與作用層的分別，請參閱牟宗三先生《中國哲學十九講》第 7 講——道之「作用的表象」。

★4.元曲四大家的排名順序

王國維在《宋元戲曲史》一書中說：「元代曲家，自明以來，稱『關、馬、鄭、白』。然以其年代及造詣論之，寧稱『關、白、馬、鄭』為妥也。」於是原本取其順口可誦的姓氏排序，竟衍生出學術上的諸多爭議。

平心而論，王氏以年代先後來決定四大家的排序，不失為一客觀且易為人接受的方法；至於以造詣的優劣定之，則前人議論四大家的高下，已多歧見，遑論今世。蓋品評劇作的優劣，主觀的好惡，常不免滲入其中。故明朱權《太和正音譜》，以馬致遠為第一，而列關漢卿於第十；明何良俊《四友齋曲說》，則以鄭為第一，而評馬乏姿媚，關少蘊籍，白欠俊語。

實則，俗稱「關、馬、鄭、白」四大家，正如四大傳奇稱「荊、劉、拜、殺」，道理是一樣的。蓋「關、馬、鄭、白」四個字的聲調恰好是「平、上、去、入」；而「荊、劉、拜、殺」則正好是「陰平、陽平、去、入」。不過取其「讀來順口，便於記憶」罷了，當中實在沒有什麼特別的意義。後人因王氏之說而大作文章，競伸己意，誠不免徒增困擾，治絲益棼。

與四大家齊名的是王實甫，與四大傳奇齊名的是《琵琶記》。若依聲調的原理，則元曲五大家的排序，可稱為「關、王、馬、鄭、白」，蓋其聲調恰是「陰平、陽平、上、去、入」；至於五大傳奇則較為棘手，蓋「琵」字聲調與「劉」字聲調，同為「陽平」，列於四大傳奇的前、中、後，均覺拗口。故前人總稱「荊、劉、拜、殺」加上《琵琶記》，合為五大傳奇；並不稱「琵、荊、劉、拜、殺」、「荊、劉、琵、拜、殺」或「荊、劉、拜、殺、琵」，其理正在此。若依成書先後而論，則四大傳奇的排序，應是「殺、劉、拜、荊」，然前人多不如此稱呼。足證王國維以年代先後定四大　家的排序，所持的理由，仍未見周延。

「劉」指劉知遠《白兔記》，因古本題名如此，故不簡稱「白」而稱「劉」。《拜月亭》，亦名《幽閨記》，而世人並不稱「荊、劉、幽、殺」或「荊、白、拜、殺」，蓋如此稱呼，其中兩字或同聲紐（白、拜），或同韻母（劉、幽），或同聲調（白、殺）。區區四字，讀來如此重複而拗口，宜乎前人之不用也。

此外，以四為名而不取簡稱的，有湯顯祖的《玉茗堂四夢》（《還魂記》、《紫釵記》、《南柯記》、《邯鄲記》，其中《還魂記》亦名《牡丹亭》）、徐渭的《四聲猿》（《狂鼓史漁陽三弄》、《玉禪師翠鄉一夢》、《雌木蘭替父從軍》、《女狀元辭凰得鳳》）、明代小說四大奇書（《三國志演義》、《水滸傳》、《西遊記》、《金瓶梅》）。其簡稱皆因聲調原理，只能棄之不用，而盡呼全名。

綜上所論，足見文學史上的某些問題，乍看之下，似乎困難重重，其實，若能深入一層去思考，或者改變習慣、換個角度去觀察，也許答案自然便浮現眼前了。

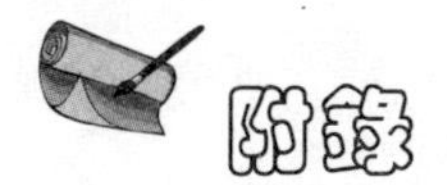

大學文學講記（思想篇）

一、《中庸》選讀（第 1、12、20、21、22 章）

二、《大學》選讀（經 1 章）

三、《論語》選讀（〈八佾〉第 3 章、〈陽貨〉第 11 章、〈述而〉第 30 章、〈顏淵〉第 1 章、〈里仁〉第 6 章、〈雍也〉第 10 章、〈述而〉第 11 章、〈里仁〉第 5 章、〈雍也〉第 9 章、〈述而〉第 15 章、〈述而〉第 18 章、〈述而〉第 2 章）

四、《孟子》選讀（〈公孫丑上〉第 6 章、〈離婁上〉第 27 章、〈告子上〉第 6 章、〈告子上〉第 8 章、〈告子上〉第 10 章、〈告子上〉第 15 章、〈盡心上〉第 15 章、〈盡心上〉第 16 章）

五、《老子》選讀（第 1、25、33、40、48、67、70、76 章）

六、《莊子．逍遙遊》

七、《墨子．兼愛》

八、《韓非子．定法》

九、《史記．高祖本紀》（節錄）

十、《史記．項羽本紀》（節錄）

十一、《漢書．藝文志．諸子略序》

一、《中庸》選讀

第 1 章：

「天命之謂性，率性之謂道，修道之謂教。」

第 12 章：

「君子之道，造端乎夫婦、及其至也，察乎天地。」

第 20 章：

「仁者，人也，親親為大；義者，宜也，尊賢為大。親親之殺，尊賢之等，禮所生也。」

「誠者，天之道也，誠之者，人之道也。」

第 21 章：

「自誠明，謂之性；自明誠，謂之教。誠則明矣，明則誠矣。」

第 22 章：

「惟天下至誠，為能盡其性；能盡其性，則能盡人之性；能盡人之性，則能盡物之性；能盡物之性，則可以贊天地之化育；可以贊天地之化育，則可以與天地參矣。」

二、《大學》選讀

大學之道，在明明德，在親民，在止於至善。知止而后有定，定而后能靜，靜而后能安，安而后能慮，慮而后能得。物有本末，事有終始，知所先後，則近道矣。

古之欲明明德於天下者，先治其國；欲治其國者，先齊其家；欲齊其家者，先修其身；欲修其身者，先正其心；欲正其心者，先誠其意；欲誠其意者，先致其知；致知在格物。物格而后知至，知至而后意誠，意誠而后心正，心正而后身修，身修而后家齊，家齊而后國治，國治而后天下平。

自天子以至於庶人，壹是皆以修身為本，其本亂而末治者否矣；其所厚者薄，而其所薄者厚，未之有也。

三、《論語》選讀

子曰：「人而不仁，如禮何？人而不仁，如樂何？」（八佾 3）

子曰：「禮云禮云，玉帛云乎哉？樂云樂云，鐘鼓云乎哉？」（陽貨 11）

子曰：「仁遠乎哉？我欲仁，斯仁至矣！」（述而 30）

顏淵問仁。子曰：「克己復禮為仁。一日克己復禮，天下歸仁焉。為仁由己，而由人乎哉？」顏淵曰：「請問其目。」子曰：「非禮勿視，非禮勿聽，非禮勿言，非禮勿動。」顏淵曰：「回雖不敏，請事斯語矣！」（顏淵 1）

子曰：「我未見好仁者，惡不仁者。好仁者，無以尚之；惡不仁者，其為仁矣，不使不仁者加乎其身。有能一日用其力於仁矣乎？我未見力不足者；蓋有之矣，我未之見也。」（里仁 6）

冉求曰：「非不說子之道，力不足也。」子曰：「力不足者，中道而廢；今女畫。」（雍也 10）

子曰：「富而可求也，雖執鞭之士，吾亦為之；如不可求，從吾

所好。」（述而 11）

子曰：「富與貴，是人之所欲也；不以其道，得之不處也；貧與賤，是人之所惡也；不以其道，得之不去也。君子去仁，惡乎成名？君子無終食之間違仁，造次必於是，顛沛必於是。」（里仁 5）

子曰：「賢哉回也！一簞食，一瓢飲，在陋巷，人不堪其憂；回也不改其樂。賢哉回也！」（雍也 9）

子曰：「飯疏食飲水，曲肱而枕之，樂亦在其中矣！不義而富且貴，於我如浮雲。」（述而 15）

葉公問孔子於子路，子路不對。子曰：「女奚不曰：『其為人也，發憤忘食，樂以忘憂，不知老之將至云爾！』」（述而 18）

子曰：「默而識之，學而不厭，誨人不倦，何有於我哉？」（述而 2）

四、《孟子》選讀

〈公孫丑上〉第 6 章：

「由是觀之，無惻隱之心，非人也；無羞惡之心，非人也；無辭讓之心，非人也；無是非之心，非人也。惻隱之心，仁之端也；羞惡之心，義之端也；辭讓之心，禮之端也；是非之心，智之端也。人之有是四端也，猶其有四體也；有是四端而謂不能者，自賊者也；謂其君不能者，賊其君者也。」

〈離婁上〉第 27 章：

「仁之實，事親是也；義之實，從兄是也。智之實，知斯二者弗去是也；禮之實，節文斯二者是也；樂之實，樂斯二者，樂則生矣；生則惡可已也，惡可已，則不知足之蹈之、手之舞之。」

〈告子上〉第 6 章：

「乃若其情，則可以為善矣，乃所謂善也。若夫為不善，非才之罪也。惻隱之心，人皆有之；羞惡之心，人皆有之；恭敬之心，人皆有之；是非之心，人皆有之。惻隱之心，仁也；羞惡之心，義也；恭敬之心，禮也；是非之心，智也。仁義禮智，非由外鑠我也，我固有之也，弗思耳矣。故曰：『求則得之，舍則失之。』」

〈告子上〉第 8 章：

「牛山之木嘗美矣，以其郊於大國也，斧斤伐之，可以為美乎？是其日夜之所息，雨露之所潤，非無萌蘖之生焉，牛羊又從而牧之，是以若彼濯濯也。人見其濯濯也，以為未嘗有材焉，此豈山之性也哉？

雖存乎人者，豈無仁義之心哉？其所以放其良心者，亦猶斧斤之於木也，旦旦而伐之，可以為美乎？其日夜之所息，平旦之氣，其好惡與人相近也者幾希，則其旦晝之所為，有梏亡之矣。梏之反覆，則其夜氣不足以存；夜氣不足以存，則其違禽獸不遠矣。人見其禽獸也，而以為未嘗有才焉者，是豈人之情也哉？

故苟得其養，無物不長；苟失其養，無物不消。孔子曰：『操則存，舍則亡；出入無時，莫知其鄉。』惟心之謂與？」

〈告子上〉第 10 章：

「魚，我所欲也；熊掌，亦我所欲也，二者不可得兼，舍魚而取熊掌者也。生，亦我所欲也；義，亦我所欲也，二者不可得兼，舍生而取義者也。生亦我所欲，所欲有甚於生者，故不為苟得也；死亦我所惡，所惡有甚於死者，故患有所不辟也。如使人之所欲莫甚於生，則凡可以得生者，何不用也？使人之所惡莫甚於死者，則凡可以辟患者，何不為也？由是則生而有不用也，由是則可以辟患而有不為也。是故所欲有甚於生者，所惡有甚於死者，非獨賢者有是心也，人皆有之，賢者能勿喪耳。」

〈告子上〉第 15 章：

公都子問曰：「鈞是人也，或為大人，或為小人，何也？」

孟子曰：「從其大體為大人，從其小體為小人。」

曰：「鈞是人也，或從其大體，或從其小體，何也？」

曰：「耳目之官不思，而蔽於物，物交物，則引之而已矣。心之官則思，思則得之，不思則不得也。此天之所與我者，先立乎其大者，則其小者弗能奪也。此為大人而已矣。」

〈盡心上〉第 15 章：

「人之所不學而能者，其良能也；所不慮而知者，其良知也。孩提之童，無不知愛其親者；及其長也，無不知敬其兄也。親親，仁也；敬長，義也。無他，達之天下也。」

〈盡心上〉第 16 章：

「舜之居深山之中，與木石居，與鹿豕遊，其所以異於深山之野人者幾希。及其聞一善言，見一善行，若決江河，沛然莫之能禦也。」

五、《老子》選讀

第 1 章：

「道可道，非常道；名可名，非常名。無名，天地之始；有名，萬物之母。故常無，欲以觀其妙；常有，欲以觀其徼。此兩者，同出而異名。同，謂之玄。玄之又玄，眾妙之門。」

第 25 章：

「有物混成，先天地生。寂兮寥兮，獨立而不改，周行而不殆，可以為天下母。 吾不知其名，字之曰道。強為之容，曰大。大曰逝，逝曰遠，遠曰反。故道大，天大，地大，人亦大。域中有四大，而人居其一焉。人法地，地法天，天法道，道法自然。」

第 33 章：

「知人者智，自知者明。勝人者有力，自勝者強。知足者富，強行者有志。不失其所者久。死而不亡者壽。」

第 40 章：

「反者，道之動；弱者，道之用。天下萬物生於有，有生於無。」

第 48 章：

「為學、日益；為道，日損。損之又損，以至於無為。無為而無不為。取天下，常以無事；及其有事，不足以取天下。」

第 67 章：

「天下皆謂我道大，似不肖。夫唯大，故似不肖，若肖，久矣其細也夫！我有三寶，持而保之，一曰慈、二曰儉、三曰不敢為天下先。慈，故能勇；儉，故能廣；不敢為天下先，故能成器長。今舍慈且勇，舍儉且廣，舍後且先，死矣！」

第 70 章：

「吾言甚易知，甚易行。天下莫能知，莫能行。言有宗，事有君。夫唯無知，是以不我知。知我者希，則我者貴。是以聖人被褐懷玉。」

第 76 章：

「人之生也柔弱，其死也堅強。草木之生也柔脆，其死也枯槁。故堅強者死之徒，柔弱者生之徒。是以兵強則滅，木強則折。強大處下，柔弱處上。」

六、《莊子·逍遙遊》

北冥有魚，其名為鯤。鯤之大，不知其幾千里也；化而為鳥，其名為鵬。鵬之大，不知幾千里也；怒而飛，其翼若垂天之雲。是鳥也，海運則將徙於南冥。南冥者，天池也。

齊諧者，志怪者也。諧之言曰：「鵬之徙於南冥也，水擊三千里，摶扶搖而上者九萬里，去以六月息者也。」野馬也，塵埃也，生物之以息相吹也。天之蒼蒼，其正色邪？其遠而無所至極邪？其視下也，亦若是則已矣。

且夫水之積也不厚，則其負大舟也無力。覆杯水於坳堂之上，則芥為之舟；置杯焉則膠，水淺而舟大也。風之積也不厚，則其負大翼也無力。故九萬里而風斯在下矣，而後乃今培風，背負青天而莫之夭閼者，而後乃今將圖南。

蜩與學鳩笑之曰：「我決起而飛，槍榆枋（而止），時則不至而控於地而已矣，奚以之九萬里而南為？」適莽蒼者，三餐而反，腹猶果然；適百里者，宿舂糧；適千里者，三月聚糧。之二蟲，又何知！

小知不及大知，小年不及大年。奚以知其然也？朝菌不知晦朔，蟪蛄不知春秋：此小年也。楚之南有冥靈者，以五百歲為春，五百歲為秋；上古有大椿者，以八千歲為春，以八千歲為秋：此大年也。而彭祖乃今以久特聞，眾人匹之，不亦悲乎！

湯之問棘也是已：「窮髮之北，有冥海者，天池也。有魚焉，其廣數千里，未有知其修者，其名為鯤。有鳥焉，其名為鵬，背若泰山，翼若垂天之雲，摶扶搖羊角而上者九萬里，絕雲氣，負青天，然後圖南，且適南冥也。斥鴳笑之曰『彼且奚適也？我騰躍而上，不過數仞而下，翱翔蓬蒿之間，此亦飛之至也。而彼且奚適也？』」此小大之辯也。

故夫知效一官，行比一鄉，德合一君，而徵一國者，其自視也亦若此矣。而宋榮子猶然笑之。且舉世而譽之而不加勸，舉世而非之而不加沮，定乎內外之分，辯乎榮辱之境，斯已矣；彼其於世，未數數然也。雖然，猶有未樹也。夫列子御風而行，泠然善也，旬有五日而後反；彼於致福者，未數數然也。此雖免乎行，猶有所待者也。若夫乘天地之正，而御六氣之辯，以遊無窮者，彼且惡乎待哉！故曰：至人無己，神人無功，聖人無名。

堯讓天下於許由，曰：「日月出矣，而爝火不息；其於光也；不亦難乎！時雨降矣，而猶浸灌；其於澤也，不亦勞乎！夫子立而天下治，而我猶尸之，吾自視缺然，請致天下。」許由曰：「子治天下，天下既已治也，而我猶代子，吾將為名乎？名者，實之賓也，吾將為賓乎？鷦鷯巢於深林，不過一枝；偃鼠飲河，不過滿腹。歸休乎！君。予無所用天下為。庖人雖不治庖，尸祝不越樽俎而代之矣。」

肩吾問於連叔曰：「吾聞言於接輿，大而無當，往而不返。吾驚怖其言，猶河漢而無極也；大有逕庭，不近人情焉。」連叔曰：「其言謂何哉？」曰：「藐姑射之山，有神人居焉。肌膚若冰雪，綽約若處子；不食五穀，吸風飲露；乘雲氣，御飛龍，而遊乎四海之外。其神凝，使物不疵癘而年穀熟。吾以是狂而不信也。」連叔曰：「然，瞽者無以與乎文章之觀，聾者無以與乎鐘鼓之聲。豈唯形骸有聾盲哉！夫知亦有之。是其言也，猶時汝也。之人也，之德也，將旁礴萬物以為一，世蘄乎亂，孰弊弊焉以天下為事！之人也，物莫之傷，大浸稽天而不溺，大旱金石流土山焦而不熱。是其塵垢粃糠，將猶陶鑄堯、舜者也，孰肯以物為事！」宋人資章甫而適諸越，越人斷髮文身，無所用之。堯治天下之民，平海內之政，往見四子藐姑射之山，汾水之陽，窅然喪其天下焉。

惠子謂莊子曰：「魏王貽我以大瓠之種，我樹之成，而實五石。以盛水漿，其堅不能自舉也。剖之以為瓢，則瓠落無所容。非不呺然大也，吾為其無用而掊之。」莊子曰：「夫子固拙於用大矣，宋人有善為不龜手之藥者，世世以洴澼絖為事。客聞之，請買其方百金。聚族而謀曰：『我世世為洴澼絖，不過數金；今一朝而鬻技百金，請與之。』客得之，以說吳王。越有難，吳王使之將，冬與越人水戰，大敗越人，裂地而封之。能不龜手一也，或以封，或不免於洴澼絖，則所用之異也。今子有五石之瓠，何不慮以為大樽而浮乎江湖？而憂其瓠落無所容，則夫子猶有蓬之心也夫！」

惠子謂莊子曰：「吾有大樹，人謂之樗，其大本擁腫而不中繩墨，其小枝卷曲而不中規矩。立之塗，匠者不顧。今子之言，大而不用，眾所同去也。」莊子曰：「子獨不見狸狌乎？卑身而伏，以候敖者，東西跳梁，不辟高下，中於機辟，死於罔罟。今夫犛牛，其大若垂天之雲，此能為大矣，而不能執鼠。

今子有大樹，患其無用，何不樹之於無何有之鄉、廣莫之野？彷徨乎無為其側，逍遙乎寢臥其下；不夭斤斧，物無害者。無所可用，安所困苦哉？」

七、《墨子・兼愛》

聖人以治天下為事者也，必知亂之所自起，焉能治之；不知亂之所自起，則不能治。譬之如醫之攻人之疾者然：必知疾之所自起，焉能攻之；不知疾之所自起，則弗能攻。治亂者何獨不然？必知亂之所自起，焉能治之；不知亂之所自起，則弗能治。聖人以治天下為事者也，不可不察亂之所自起。

當察亂何自起？起不相愛。臣子之不孝君父，所謂亂也。子自愛，不愛父，故虧父而自利；弟自愛，不愛兄，故虧兄而自利；臣自愛，不愛君，故虧君而自利，此所謂亂也。雖父之不慈子，兄之不慈弟，君之不慈臣，此亦天下之所謂亂也。父自愛也，不愛子，故虧子而自利；兄自愛也，不愛弟 故虧弟而自利；君自愛也，不愛臣，故虧臣而自利。是何也？皆起不相愛。

雖至天下之為盜賊者亦然：盜愛其室，不愛異室，故竊異室以利其室。賊愛其身，不愛人身，故賊人身以利其身。此何也？皆起不相愛。雖至大夫之相亂家，諸侯之相攻國者亦然：大夫各愛其家，不愛異家，故亂異家以利其家。諸侯各愛其國，不愛異國，故攻異國以利其國。天下之亂物，具此而已矣。察此何自起？皆起不相愛。

若使天下兼相愛，愛人若愛其身，猶有不孝者乎？視父兄與君若其身，惡施不孝？猶有不慈者乎？視弟子與臣若其身，惡施不慈？故不孝不慈亡有。猶有盜賊乎？視人之室若其室，誰竊？視人身若其身，誰賊？故盜賊亡有。猶有大夫之相亂家，諸侯之相攻國者乎？視人家若其家，誰亂？視人國若其國，誰攻？故大夫之相亂家，諸侯之相攻國者亡有。若使天下兼相愛，國與國不相攻，家與家不相亂，盜賊無有，君臣父子皆能孝慈，若此，則天下治。

故聖人以治天下為事者，惡得不禁惡而勸愛。故天下兼相愛則治，交相惡則亂。故子墨子曰：「不可以不勸愛人」者，此也。

八、《韓非子・定法》

問者曰：「申不害、公孫鞅，此二家之言孰急於國？」應之曰：「是不可程也。人不食，十日則死；大寒之隆，不衣亦死。謂之衣食孰急於人，則是不可一無也，皆養生之具也。今申不害言術，而公孫鞅為法。術者，因任而授官，循名而責實，操殺生之柄，課群臣之能者也，此人主之所執也。法者，憲令著於官府，刑罰必於民心，賞存乎慎法，而罰加乎姦令者也，此人臣之所師也。君無術則弊於上，臣無法則亂於下，此不可一無，皆帝王之具也。」

問者曰：「徒術而無法，徒法而無術，其不可何哉？」對曰：「申不害，韓昭侯之佐也。韓者，晉之別國也。晉之故法未息，而韓之新法又生；先君之令未收，而後君之令又下。申不害不擅其法，不一其令，則姦多。故利在故法前令，則道之；利在新法後令，則道之。故新相反，前後相悖，則申不害雖十使昭侯用術，而姦臣猶有所譎其辭矣。故託萬乘之勁韓，十七年而不至於霸王者，雖用術於上，法不勤飾於官之患也。公孫鞅之治秦也，設告坐而責其實，連什伍而同其罪，賞厚而信，刑重而必，是以其民用力勞而不休，逐敵危而不卻，故其國富而兵強。然而無術以知姦，則以其富強也資人臣而已矣。及孝公、商君死，惠王即位，秦法未敗也，而張儀以秦殉韓、魏。惠王死，武王即位，而甘茂以秦殉周。武王死，昭襄王即位，穰侯越韓、魏而東攻齊，五年而秦不益一尺之地，乃成其陶邑之封；應侯攻韓八年，成其汝南之封；自是以來，諸用秦者，皆應、穰之類也。故戰勝則大臣尊，益地則私封立，主無術以知姦也。商君雖十飾其法，人臣反用其資。故乘強秦之資，數十年而不至於帝王者，法雖勤飾於官，主無術於上之患也。」

問者曰：「主用申子之術、而官行商君之法，可乎？」對曰：「申子未盡於術，商君未盡於法也。申子言『治不踰官，雖知弗言』。治不踰官，謂之守職也可；知而弗言，是不謁過也。人主以一國目視，故視莫明焉；以一國耳聽，故聽莫聰焉。今知而弗言，則人主尚安假借矣？商君之法曰：『斬一首者爵一級，欲為官者，為五十石之官；斬二首者，爵二級，欲為官者，為百石之官。』官爵之遷，與斬首之功相稱也。今有法曰：『斬首者，令為醫匠。』則屋不成而病不已。夫匠者，手巧也；而醫者，齊藥也；而以斬首之功為之，則不當其能。今治官者，智能也；今斬首者，勇力也。以勇力之所加、而治智能之官，是以斬首之功為醫匠也。故曰：二子之於法術，皆未盡善也。」

九、《史記‧高祖本紀》（節錄）

高祖為人，隆準而龍顏，美須髯，左股有七十二黑子。仁而愛人，喜施，意豁如也。常有大度，不事家人生產作業。及壯，試為吏，為泗水亭長，廷中吏無所不狎侮，好酒及色。（節錄 1）

高祖置酒雒陽南宮。高祖曰：「列侯諸將無敢隱朕，皆言其情。吾所以有天下者何？項氏之所以失天下者何？」高起、王陵對曰：「陛下慢而侮人，項羽仁而愛人。然陛下使人攻城略地，所降下者因以予之，與天下同利也。項羽妒賢嫉能，有功者害之，賢者疑之，戰勝而不予人功，得地而不予人利，此所以失天下也。」高祖曰：「公知其一，未知其二。夫運籌策帷帳之中，決勝於千里之外，吾不如子房。鎮國家，撫百姓，給餽饟，不絕糧道，吾不如蕭何。連百萬之軍，戰必勝，攻必取，吾不如韓信。此三者，皆人傑也，吾能用之，此吾所以取天下也。項羽有一范增而不能用，此其所以為我擒也。」（節錄 2）

高祖還歸，過沛，留。置酒沛宮，悉召故人父老子弟縱酒，發沛中兒得百二十人，教之歌。酒酣，高祖擊筑，自為歌詩曰：「大風起兮雲飛揚，威加海內兮歸故鄉，安得猛士兮守四方！」令兒皆和習之。高祖乃起舞，慷慨傷懷，泣數行下。（節錄 3）

高祖擊布時，為流矢所中，行道病。病甚，呂后迎良醫，醫入見，高祖問醫，醫曰：「病可治。」於是高祖嫚罵之曰：「吾以布衣提三尺劍取天下，此非天命乎？命乃在天，雖扁鵲何益！」遂不使治病，賜金五十斤罷之。已而呂后問：「陛下百歲後，蕭相國即死，令誰代之？」上曰：「曹參可。」問其次，上曰：「王陵可。然陵少憨，陳平可以助之。陳平智有餘，然難以獨任。周勃厚重少文，然安劉氏者必勃也，可令為太尉。」呂后復問其次，上曰：「此後亦非而所知也。」（節錄4）

十、《史記．項羽本紀》（節錄）

項籍者，下相人也，字羽。初起時，年二十四。其季父項梁，梁父即楚將項燕，為秦將王翦所戮者也。項氏世世為楚將，封於項，故姓項氏。

項籍少時，學書，不成，去；學劍，又不成。項梁怒之。籍曰：「書足以記名姓而已。劍一人敵，不足學，學萬人敵。」於是項梁乃教籍兵法，籍大喜，略知其意，又不肯竟學。項梁嘗有櫟陽逮捕，乃請蘄獄掾曹咎書抵櫟陽獄掾司馬欣，以故事得 已。項梁殺人，與籍避仇於吳中。吳中賢士大夫皆出項梁下。每吳中有大繇役及喪，項梁常為主辦，陰以兵法部勒賓客及子弟，以是知其能。秦始皇帝游會稽，渡浙江，梁與籍俱觀。籍曰：「彼可取而代也。」梁掩其口，曰：「毋妄言，族矣！」梁以此奇籍。籍長八尺餘，力能扛鼎，才氣過人，雖吳中子弟皆已憚籍矣。（節錄 1）

項王軍壁垓下，兵少食盡，漢軍及諸侯兵圍之數重。夜聞漢軍四面皆楚歌，項王乃大驚曰：「漢皆已得楚乎？是何楚人之多也！」項王則夜起，飲帳中。有美人名虞，常幸從；駿馬名騅，常騎之。於是項王乃悲歌慷慨，自為詩曰：「力拔山兮氣蓋世，時不利兮騅不逝。騅不逝兮可奈何，虞兮虞兮奈若何！」歌數闋，美人和之。項王泣數行下，左右皆泣，莫能仰視。

於是項王乃上馬騎，麾下壯士騎從者八百餘人，直夜潰圍南出，馳走。平明，漢軍乃覺之，令騎將灌嬰以五千騎追之。項王渡淮，騎能屬者百餘人耳。項王至陰陵，迷失道，問一田父，田父紿曰「左」。左，乃陷大澤中。以故漢追及之。項王乃復引兵而東，至東城，乃有二十八騎。漢騎追者數千人。項王自度不得脫。謂其騎曰：「吾起兵至今八歲矣，身七十餘戰，所當者破，所擊者服，未嘗敗北，遂霸有天下。然今卒困於此，此天之亡我，非戰之罪也。今日固決死，願為諸君快戰，必三勝之，為諸君潰圍，斬將，刈旗，令諸君知天亡我，非戰之罪也。」乃分其騎以為四隊，四向。漢軍圍之數重。項王謂其騎曰：「吾為公取彼一將。」令四面騎馳下，期山東為三處。於是項王大呼馳下，漢軍皆披靡，遂斬漢一將。是時，赤泉侯為騎將，追項王，項王瞋目而叱之，赤泉侯人馬俱驚，辟易數里。與其騎會為三處。漢軍不知項王所在，乃分軍為三，復圍之。項王乃馳，復斬漢一都尉，殺數十百人，復聚其騎，亡其兩騎耳。乃謂其騎曰：「何如？」騎皆伏曰：「如大王言。」

於是項王乃欲東渡烏江。烏江亭長檥船待，謂項王曰：「江東雖小，地方千里，眾數十萬人，亦足王也。願大王急渡。今獨臣有船，漢軍至，無以渡。」項王笑曰：「天之亡我，我何渡為！且籍與江東子弟八千人渡江而西，今無一人還，縱江東父兄憐而王我，我何面目見之？縱彼不言，籍獨不愧於心乎？」乃謂亭長曰：「吾知公長者。吾騎此馬五歲，所當無敵，嘗一日行千里，不忍殺之，以賜公。」乃令騎皆下馬步行，持短兵接戰。獨籍所殺漢軍數百人。項王身亦被十餘創。顧見漢騎司馬呂馬童，曰：「若非吾故人乎？」馬童面之，指王翳曰：「此項王也。」項王乃曰：「吾聞漢購我頭千金，邑萬戶，吾為若德。」乃自刎而死。王翳取其頭，餘騎相蹂踐爭項王，相殺者數十人。最其後，郎中騎楊喜，騎司馬呂馬童，郎中呂勝、楊武各得其一體。五人共會其體，皆是。故分其地為五：封呂馬童為中水侯，封王翳為杜衍侯，封楊喜為赤泉侯，封楊武為吳防侯，封呂勝為涅陽侯。

項王已死，楚地皆降漢，獨魯不下。漢乃引天下兵欲屠之，為其守禮義，為主死節，乃持項王頭視魯，魯父兄乃降。始，楚懷王初封項籍為魯公，及其死，魯最後下，故以魯公禮葬項王穀城。漢王為發哀，泣之而去。

諸項氏枝屬，漢王皆不誅。乃封項伯為射陽侯。桃侯、平皋侯、玄武侯皆項氏，賜姓劉。（節錄 2）

太史公曰：吾聞之周生曰「舜目蓋重瞳子」，又聞項羽亦重瞳子。羽豈其苗裔邪？何興之暴也！夫秦失其政，陳涉首難，豪傑蜂起，相與并爭，不可勝數。然羽非有尺寸，乘勢起隴畝之中，三年，遂將五諸侯滅秦，分裂天下，而封王侯，政由羽出，號為「霸王」，位雖不終，近古以來未嘗有也。及羽背關懷楚，放逐義帝而自立，怨王侯叛己，難矣。自矜功伐，奮其私智而不師古，謂霸王之業，欲以力征經營天下，五年卒亡其國，身死東城，尚不覺寤而不自責，過矣。乃引「天亡我，非用兵之罪也」，豈不謬哉！（節錄 3）

十一、《漢書・藝文志・諸子略序》

儒家者流，蓋出於司徒之官。助人君，順陰陽，明教化者也。游文於六經之中，留意於仁義之際。祖述堯、舜，憲章文、武，宗師仲尼，以重其言，於道最為高。孔子曰：「如有所譽，其有所試。」唐、虞之隆，殷、周之盛，仲尼之業，已試之效者也。然惑者既失精微，而辟者又隨時抑揚，違離道本，苟以譁眾取寵，後進循之，是以五經乖析，儒學浸衰；此辟儒之患。

道家者流，蓋出於史官。歷記成敗、存亡、禍福、古今之道。然後知秉要執本，清虛以自守，卑弱以自持，此君人南面之術也。合於堯之克攘，易之嗛嗛，一謙而四益，此其所長也。及放者為之，則欲絕去禮學，兼棄仁義，曰獨任清虛，可以為治。

陰陽家者流，蓋出於羲、和之官。敬順昊天，歷象日月星辰，敬授民時，此其所長也。及拘者為之，則牽於禁忌，泥於小數，舍人事而任鬼神。

法家者流，蓋出於理官。信賞必罰，以輔禮制。易曰：「先王以明罰飭法。」此其所長也。及刻者為之，則無教化，去仁愛，專任刑法，而欲以致治；至於殘害至親，傷恩薄厚。

名家者流，蓋出於禮官。古者名位不同，禮亦異數。孔子曰：「必也正名乎！名不正，則言不順；言不順，則事不成。」此其所長也。及警者為之，則苟鉤釽析亂而已。

墨家者流，蓋出於清廟之守。茅屋采椽，是以貴儉；養三老、五更，是以兼愛；選士大射，是以上賢；宗祀嚴父，是以右鬼；順四時而行，是以非命；以孝視天下，是以上同；此其所長也，及蔽者為之，見儉之利，因以非禮，推兼愛之意，而不知別親疏。

縱橫家者流，蓋出於行人之官。孔子曰：「誦詩三百，使於四方，不能專對，雖多亦奚以為？」又曰：「使乎！使乎！」言其當權事制宜，受命而不受辭，此其所長也。及邪人為之，則上詐諼，而棄其信。

雜家者流，蓋出於議官。兼儒、墨，合名、法，知國體之有此，見王治之無不貫，此其所長也。及盪者為之，則漫羨而無所歸心。

農家者流，蓋出於農稷之官。播百穀，勸耕桑，以足衣食。故八政，一曰食，二曰貨。孔子曰：「所重民食。」此其所長也。及鄙者為之，以為無所事聖王，欲使君民並耕，誖上、下之序。

小說家者流，蓋出於稗官。街談巷語，道聽塗說者之所造也。孔子曰：「雖小道必有可觀者焉。致遠恐泥，是以君子弗為也。」然亦弗滅也。閭里小知者之所及，亦使綴而不忘，如或一言可采，此亦芻蕘、狂夫之議也。

諸子十家，其可觀者九家而已。皆起於王道既微，諸侯力政，時君世主，好惡殊方。是以九家之術，蠭出並作，各引一端，崇其所善，以此馳說，取合諸侯。其言雖殊，辟猶水火，相滅亦相生也；仁之與義，敬之與和，相反而皆相成也。易曰:「天下同歸而殊塗,一致而百慮。」今異家者各推所長,窮知究慮,以明其指。雖有蔽短,合其要歸,亦六經之支與流裔。使其人遭明王聖主,得其所折中,皆股肱之材已。仲尼有言:「禮失而求諸野。」方今去聖久遠,道術缺廢,無所更索,彼九家者,不猶癒於野乎?

若能修六藝之術,而觀此九家之言,舍短取長,則可以通萬方之略矣。